WARRIORS

貓戰士

首部曲之I

荒野新生

Into the Wild

艾琳・杭特(Erin Hunter) 著
高子梅 譯

晨星出版

獻給比利——他離開我們兩腳獸的家
成為一名戰士。
我們仍然非常想念他。
也獻給班傑明——比利的兄弟，
他現在和比利一樣，
加入星族的行列。

見習生（六個月大以上的貓，正在接受戰士訓練）

塵掌：黑棕色的虎斑貓，公貓。導師：紅尾。

灰掌：有灰色長毛的公貓。導師：獅心。

烏掌：烏亮的黑色大貓，尾巴尖端是白色。導師：虎爪。

沙掌：淡薑黃色的母貓。導師：白風暴。

火掌：英俊的薑黃色公貓。導師：藍星。

貓后　（正在懷孕或照顧幼貓的母貓）

霜毛：有美麗的白毛、藍色眼珠的貓。

斑臉：漂亮的虎斑貓。

金花：有淡薑黃色的毛。

斑尾：淺白色的虎斑貓，是最年長的貓后。

花尾：雜褐色母貓，灰色鼻頭。

長老　（退休的戰士和退位的貓后）

半尾：黑棕色的大虎斑貓，少了半截尾巴。

小耳：灰色公貓，耳朵很小，是雷族裡最年長的公貓。

斑皮：小型的黑白貓，公貓。

獨眼：淺灰色母貓，是雷族裡最年長的母貓，已經又盲又聾。

花尾：有著可愛花紋的母貓，年輕時很漂亮。

玫瑰尾：長老。

本集各族成員

雷族 *Thunderclan*

族長　**藍星：** 毛呈灰色的母貓，口鼻處附近有銀灰色的毛。見習生：火掌。

副手　**紅尾：** 小型的玳瑁貓，公貓，有條顯眼的紅色尾巴。見習生：塵掌。

巫醫　**斑葉：** 美麗的玳瑁貓，母貓，有突出的花紋。

戰士　（公貓，以及沒有子女的母貓）

獅心： 華麗、金色的虎斑貓，公貓，有像獅子鬃毛的厚毛。見習生：灰掌。

虎爪： 暗褐色的大型虎斑貓，公貓，前爪特別的長。見習生：烏掌。

白風暴： 白色的大型公貓。見習生：沙掌。

暗紋： 烏亮的黑灰色虎斑貓，公貓。

長尾： 蒼白的虎斑貓，公貓，有暗黑色的條紋。

追風： 動作敏捷的虎斑貓，公貓。

柳皮： 淺灰色的母貓，有很特別的藍眼珠。

鼠毛： 黑棕色的小母貓。

河族 *Riverclan*

族長　**曲星**：淺色的大虎斑貓，下顎變形。

副手　**橡心**：毛呈紅褐色的公貓。

族外的貓 *cats outside clans*

黃牙：黑灰色的老母貓，有張扁平寬闊的臉，過去隸屬於影族。

史莫奇：肥胖友善的黑白貓，住在森林邊緣的一棟小屋裡。

亨利：肥胖的公貓。

大麥：個子小，肥胖的黑白公貓，住在靠近森林的一座農場上。

影族 *Shadowclan*

族長　**碎星：**黑棕色的長毛虎斑公貓。

副手　**黑足：**白色的大公貓，有著黑玉色的大爪子。

巫醫　**鼻涕蟲：**灰白色的小型公貓。

戰士　**爪面：**有著戰疤的棕色公貓。

夜皮：黑色的公貓。

貓后　**曙雲：**個子嬌小的虎斑貓。

亮花：黑白貓。

長老　**灰毛：**瘦巴巴的灰色公貓。

風族 *Windclan*

族長　**高星：**黑白貓，公貓，尾巴很長。

腐肉場
影族營地
轟雷路
雷族營地
大梧桐樹
蛇岩
沙坑
松樹林
伐木場
兩腳獸地盤
雷族
河族
影族
風族
星族

高聳岩
大麥的
農場
風族營地
四喬木
瀑布
貓頭鷹
樹
河流
陽光岩
河族營地

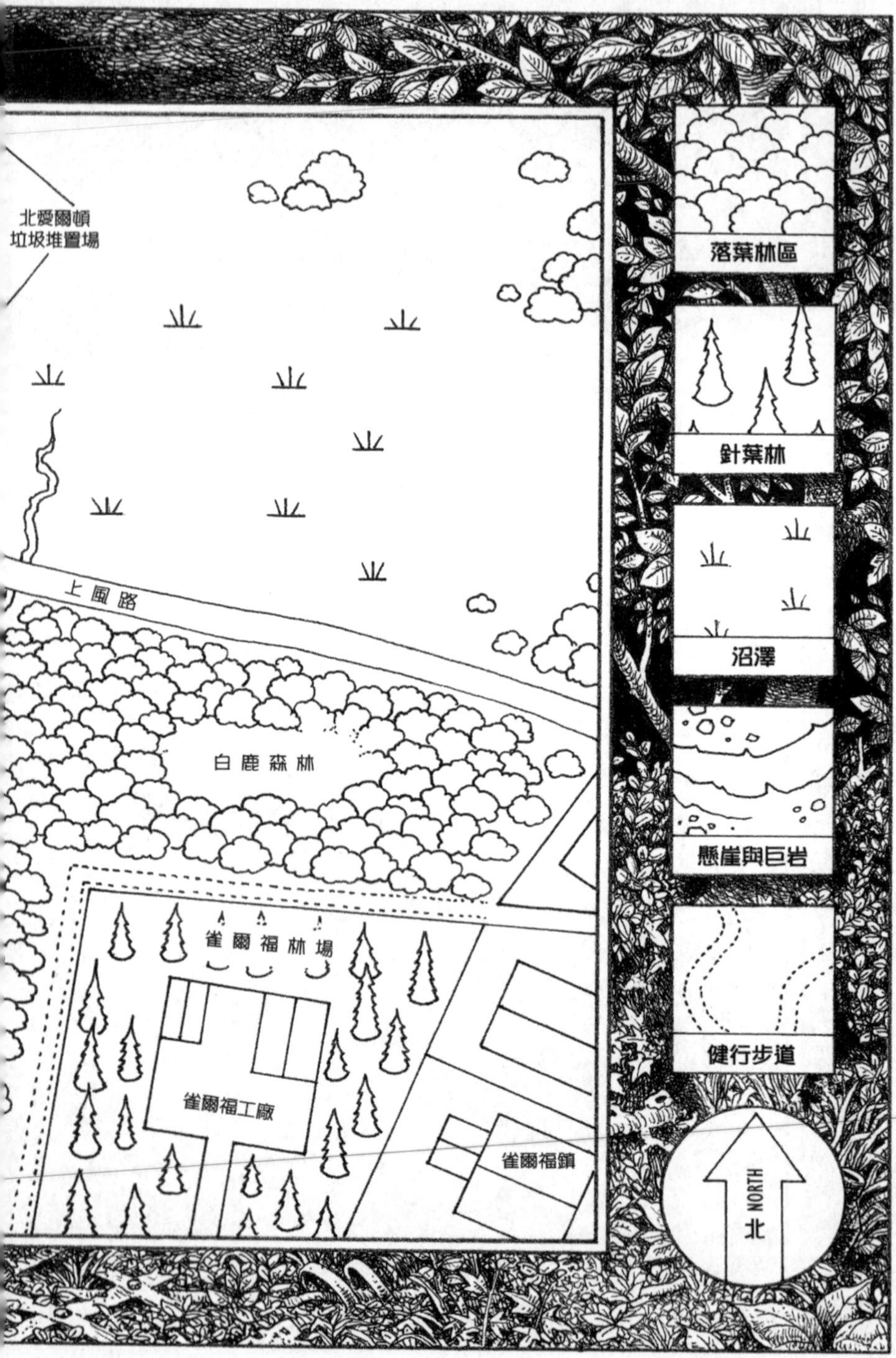

北愛爾頓
垃圾堆置場
上風路
白鹿森林
雀爾福林場
雀爾福工廠
雀爾福鎮
落葉林區
針葉林
沼澤
懸崖與巨岩
健行步道
NORTH
北

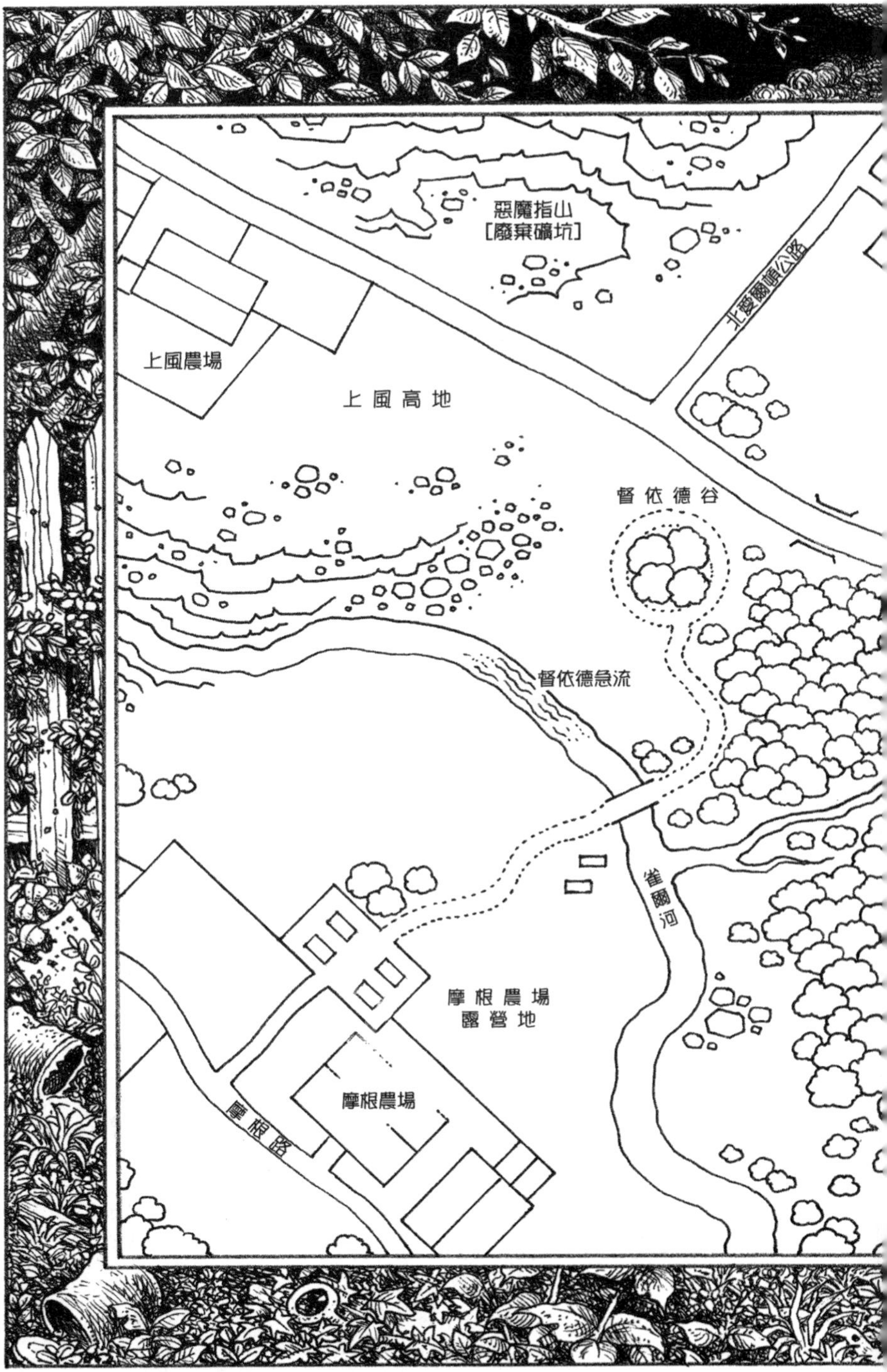
惡魔指山
[廢棄礦坑]
北愛爾頓公路
上風農場
上風高地
督依德谷
督依德急流
雀爾河
摩根農場
露營地
摩根農場
摩根路

〈名家推薦〉

家貓變野貓，小角色變大明星

心岱（愛貓族聯誼會會長，作家）

以貓為書寫題材的書多得不勝凡舉，但是這套《貓戰士》很不一樣，內容的鋪陳交織著時空的逆轉，在人類的生活空間之鄰，有很大的領域回到原初，像一片蠻荒的原始大自然，讀者的視線卻走進了一隻人類豢養的薑黃色寵物「家貓」：火掌。然後，這隻家貓卻從此遠離「人國」，遁入了貓國，最後成為流星所預言的「貓國主角」。

貓的祖譜、貓的生態、貓的習性……作者艾琳・杭特利用她所創造的「舞台」，把貓國裡每一個角色的性格與使命，描繪得淋漓盡致。在這貓國的世界裡，人只是這隻少年公貓的出生背景，但這隻貓勇於掙脫被豢養的安逸生活，接受貓國中「雷族」的戰士訓練，從跟班見習生做起，逐步的鍛鍊變身成為挽救雷族的救星。

此外，在貓戰士爭奪覓食領域的過程中，顯現了貓國社會的倫理、制度，文化與規範，再加上大自然中的「天象、地理、植物、動物」，這是一部奇幻作品，這也是一部教育作品，能夠讓讀者徜徉其間，彷如身歷其境，感受到大自然處處給予的智慧。

〈名家推薦〉

向勇敢的戰士致敬

林玫伶（臺北市明德國小校長，兒童文學作家）

有別於人們熟悉的貓——溫柔、文靜和撒嬌，這本書賦予貓另一種完全不同的形象。書裡的貓有組織、有主從，牠們為生存戰鬥，在優勝劣敗的現實法則下，前仆後繼的進行一場驚心動魄的戰爭。

故事從開始就沒有冷場過，主角「火掌」無法壓抑內心原始的呼喚，選擇離開舒坦安逸的寵物生活，投入一個充滿競爭與高度風險的環境。讀者可以想像，在看似寧靜的森林裡，其實蘊藏著多少角力與廝殺，藉以延續我族的命脈於不絕。相較於一成不變被人類豢養的生活，大自然的蠻荒與不確定性，只適合勇於冒險、打死不退，亦即所謂的「戰士」！

故事的情節以快板的節奏上演，對於貓的習性、動作、生活……有豐富且深厚的描繪，令人一開眼界。內容格鬥但不血腥，衝突但不暴力，神祕而不荒誕，高潮迭起，引人入勝。在一路滾雪球般推高的故事氛圍中，又讓人有一絲淡淡的哀愁——心疼各擁山頭的貓族為了爭生存、求活路而拚得你死我活！

這樣題材與風格的小說在國內並不多見。我曾負責一項有關學童閱讀的研究案，發現男生閱讀興趣不足的情形比女生嚴重許多，分析原因，一則可能是因為國小階段男生身心發展較女生為慢，二則也大膽假設可能與國小教師生態男女比例過於懸殊有關（約二：八）。女性教師偏好溫柔婉約的作品，喜歡用女性觀點為孩子選書，可能也因此忽略了許多男生的閱讀胃口，他們較喜歡冒險、打鬥、戰爭、陽剛的作品！《貓戰士》系列的書無疑是讓男生「有書可讀」了。

此外，我們常習慣由人的角度看貓，這篇故事則從貓的角度看人。不論是「兩腳獸」、「怪獸」、「轟雷路」、「快刀手」……都讓讀者莞爾一笑，這是閱讀這本書額外的享受！

〈名家推薦〉

養過貓的人看了這本書會重新認識貓族，本書還原了貓的野性和求生本能，所以整本書揉合了可愛溫暖和野性戰鬥的氣息，呈現了一個奇妙豐富的想像世界！

——作家　小野

這不只是一部「好看」的小說，字裡行間，也透露出作者希望傳達的一些正面思考的內涵。我相信不僅小朋友讀起來津津有味，大人也會覺得興味盎然。

——新竹市華婉兒童圖書館館長　王郭章

翻譯過這麼多本書，只有這本書讓我在譯書過程中隨著情節起伏而心情上下激盪。

——譯者　高子梅

一個引人入勝的貓世界，一個既保純原始野性，卻也高度組織社會化的部族貓世界。其中，處在人類的寵物貓與林地的野貓模糊地帶的火心，其心理轉折尤其耐人尋味，讓人想不斷探究。儘管這個故事角色繁多、情節起伏快，但憑著一份對正義的追求，便能讓人聚精會神、一路緊跟複雜情節。保證一旦讀進了第一章，便會立刻變成這世界的一分子！

——兒童文學工作者　幸佳慧

在艾琳・杭特創造的奇幻世界裡，讀者將和這些貓戰士一起成長。讓故事代替教訓，讓高潮迭起的情節，取代掉囉哩囉嗦的嘮叨！

——如果兒童劇團團長　趙自強

序章

半圓形的月亮映照在平滑堅硬的花崗岩上，將它們暈染成一片銀白。黝黑湍急的河水及林間樹梢的低語，劃破了這方寧靜。

暗處有動靜，陰森的身影自四面八方潛行而來，攀上岩石，但只見一隻爪子在月光下閃閃發亮，一雙戒慎的目光，如琥珀般閃爍著。彷彿有暗號下達似的，所有的動物衝了出來，剎那間，岩石間盡是搏鬥廝殺、尖聲嘶叫的貓兒。

在這利爪突襲、貓毛橫飛的混亂局面中，一隻體型龐大的暗褐色虎斑貓趁機將一隻紅褐色的公貓壓在地上，虎斑貓耀武揚威地低頭瞪著對方。「橡心！」虎斑貓咆哮道，「你竟敢在我們的地盤上撒野？別忘了陽光岩是我們雷族的。」

「虎爪，過了今晚，陽光岩就是河族的另一個狩獵場了！」紅褐色的公貓忿忿地回嘴。

這時岸邊傳來警告的嚎叫，聽來尖銳又焦急。「小心！有更多河族戰士往這邊來了！」

虎爪轉頭一看，只見岩石下方有一大堆溼漉漉的身影爬出河面。這群全身溼透的河族戰士悄悄跳上岸，還來不及甩掉身上的水滴，便衝上前去加入戰局。

虎爪，這隻暗褐色的虎斑貓瞪著腳下的橡心。「你們或許會像水獺一樣游泳，但你和你其他的戰士絕對不屬於這片森林。」他張嘴露出利齒，被他壓在下方的橡心不停地掙扎。

就在這片混亂的吵雜聲中，一隻雷族母貓發出絕望的嘶吼聲，因為有隻結實的河族公貓正壓在這位一身棕色的女戰士的肚皮上。這隻公貓剛從河裡爬上來，身上還溼漉漉的，卻等不及張嘴想攻擊雷族母貓的頸部。虎爪聽見尖叫聲，只得放掉腳下的橡心，一個箭步衝上去，將敵族戰士從母貓身旁趕走。「快跑，鼠毛，快跑！」他命令道，旋即轉身對付剛剛威嚇母貓的河族戰士。鼠毛爬了起來，肩上的傷口讓她痛得臉部肌肉不斷抽搐。她趕緊轉身逃走。

在她身後的虎爪，被河族公貓的爪子劃破了鼻子。虎爪發出一聲怒吼，鮮血使他失去了理智；他不管三七二十一地衝上前去，張口就往對方的後腿一咬。河族公貓驚聲尖叫，費了好一番力氣才掙脫逃跑。

「虎爪！」尾巴像狐狸般紅的戰士朝他大聲喊道，「沒有用的，河族戰士愈來愈多了。」

「不行，紅尾！雷族絕對不能輸！」虎爪吼回去，立即跳到紅尾身邊。「這是我們的領土！」鮮血從他黑色的鼻頭汩汩流出，他不耐地甩甩頭，血便順勢濺灑上了岩石。

「虎爪，雷族佩服你的勇氣，但我們真的損失不起這麼多戰士。」紅尾爭辯道，「藍星不會希望她的戰士把時間用在不可能打贏的仗上。我們還有其他的復仇機會。」他神情鎮定地迎向虎爪的目光，然後轉身跳上林子邊緣的一塊大圓石。

「撤退！雷族撤退！」他大吼。一時之間，戰士突然有點不知所措，但沒多久他們就一個個撤離了。他們邊罵邊往紅尾的方向走去。河族的貓一開始還搞不清楚狀況，心想難道這場仗就這麼輕鬆打贏了？橡心率先發出歡呼，其他戰士聽見了，也立刻加入，與他們的副族長一起慶祝輕鬆得來的勝利。

居高臨下的紅尾俯看著雷族的戰士們。他彈彈尾巴，示意他們往陽光岩的那一頭前進，最後眾貓消失在林子邊緣。

虎爪走在最後。他在林邊遲疑了好一會兒，再次回望那血跡斑斑的戰場。他表情嚴肅，餘怒未消，最後才跟著其他貓衝進寂靜的林子。

ϟϟϟ

荒蕪的空地上，一隻年邁的灰色母貓孤伶伶地坐著，抬頭望向清澈的夜空。儘管四周幽暗，她卻清楚聽見貓兒在睡夢中均勻的呼吸聲與各種動靜。

一隻矮小的玳瑁貓從陰暗的角落走了出來，她的腳步很快，但卻沒發出任何聲響。灰貓點頭打招呼。「鼠毛還好嗎？」她問。

「她的傷口很深，藍星。」玳瑁貓回答，然後一起坐在夜裡冰冷的草地上。「還好她年輕體壯，應該很快就會康復了。」

「其他貓呢？」

「沒什麼問題。」

藍星嘆了口氣。「我們很幸運，這次沒有損失任何戰士。斑葉，妳是個很有天分的巫醫。」她再度抬起頭，研究天上的星宿。「今夜的敗仗讓我煩心。自從我擔任族長以來，雷族從來沒有在自己的地盤上吃過敗仗，」她喃喃地說，「現在我們雷族處境艱難。新葉遲遲不長，新生的小貓也不多。雷族要想存活下去，就得有更多的戰士。」

「現在才年初！」斑葉冷靜地說，「等到綠葉季來臨時，就會有更多小貓誕生了。」

灰貓聳聳肩。「也許吧。可是要將年輕的小貓訓練成戰士，也需要時間。如果雷族要保衛自己的領土，就得盡快有新戰士加入才行。」

「所以妳想從星族那裡借人手？」斑葉輕聲問，隨著藍星把目光投向夜空中，那如銀帶般閃爍的星群。

「這個時候，我們真的需要戰士祖靈的啟示。星族有沒有給妳什麼指示？」藍星問。

「已經好幾個月沒有了，藍星。」

突然間，一顆流星劃過樹梢，斑葉的尾巴急急抽動，背上的毛瞬間倒豎。

藍星豎直耳朵，沒有吭聲，因為斑葉的目光仍停留在空中。

過了一會兒，斑葉才低下頭，轉向藍星。「這是來自星族的訊息。」她低聲說，眼神朦朧。

「只有火能拯救雷族。」

「火？」藍星重複這個字。「可是世界上所有的動物都怕火啊！火怎麼可能拯救我們呢？」

斑葉搖搖頭。「我不知道，」她承認道，「這是星族給我的訊息。」

雷族族長的藍眼睛注視著眼前的巫醫。「斑葉，妳的預言一向很準。」她說，「如果星族這麼說，就一定是這樣。火將會拯救我們雷族。」

第一章

天色很暗，羅斯提感覺到有什麼東西正朝他接近。這隻年輕的虎斑貓立即睜大眼睛，掃視濃密的矮樹叢。這地方他很陌生，但有股奇怪的味道引誘著他不斷挨近，往幽暗的深處慢慢走去。他微微張開下顎，讓林子裡溫暖的氣息進入他上顎的味覺腺體內；這裡有腐葉土壤的味道，還有毛茸茸的小動物身上發出的誘人氣味。

突然一道灰影從他身邊竄過去。羅斯提停在原地，豎耳傾聽。那傢伙就藏在離他不到兩條尾巴長的葉叢裡。羅斯提知道那是隻老鼠，他聽得見那小小的心臟快速跳動的聲音。他吞了吞口水，肚子咕嚕咕嚕作響，這一切讓他感到難過，但再過一會兒，他就不會挨餓了。

羅斯提慢慢壓低身體，伏在原地，隨時準備攻擊。因為在老鼠的下風處，所以他知道老鼠不曉得他在這裡。羅斯提最後一次檢查獵物的位置，接著把重心後移、往前一躍，只見地上的腐葉瞬間彈起。

老鼠趕緊往地上的洞口鑽去，尋求掩護。但羅斯提早在牠的上方。他猛力一鏟，尖銳的爪子將那隻可憐的小東西拋向空中；牠劃了個弧形，最後掉在鋪滿腐葉的地上。小老鼠暈了過去，但還活著。牠想逃走，可是一下子就被羅斯提給逮住了。這次，羅斯提把小老鼠拋得更遠；小老鼠勉強爬了幾步，就又被羅斯提給追上。

突然附近響起吵雜的聲音，羅斯提四處張望，小老鼠趁機從他的爪間脫身。羅斯提才要轉頭，小老鼠已經消失在幽暗糾結的樹根裡了。

羅斯提氣急敗壞，放棄捉老鼠的念頭。他轉了一圈，綠色的眼睛滿是怒火，想找出壞他好事的聲音來源。這聲音咯咯作響，聽起來很熟悉，羅斯提睜大眼睛。

森林不見了。原來他是待在密不通風的悶熱廚房裡，蜷伏著身體，睡在自己的床上。月光穿過窗櫺，映入屋內，在堅硬的地板上投下一片陰影，那個吵雜的聲音原來是硬硬圓圓的貓食掉在盤裡。他剛剛是在作夢。

他抬起頭，下巴擱在床邊。他的脖子被頸圈磨得很不舒服。在睡夢中，他感覺得到清爽的空氣輕輕拂過那被頸圈箍住的柔軟毛髮。他翻身仰躺，想再多品嘗一下夢中的滋味。他似乎還能聞到那老鼠的氣味。這是他第三次在月圓時候作這種夢了，每一次老鼠都從他的掌間逃脫。

他舔舔嘴。光從床這裡，他就聞得到貓食那淡而無味的氣味了。他的主人總是在上床就寢前，為他的食碗倒滿食物。貓食的粉狀氣味驅走了夢中的溫暖氣息，羅斯提的肚子餓得咕嚕咕嚕叫，他只好趕走身上的瞌睡蟲，勉強爬起身來，緩步穿過廚房，往他的晚餐走去。他只覺得這食物很乾，唇舌間完全嚐不出任何味道。羅斯提心不甘情不願地又吞了一口，這才轉身離開食碗，拖著腳步，穿過供他出入的活動小門，希望藉花園散發的氣味重溫夢裡的感覺。

屋外月光明亮，飄了一點雨。羅斯提昂首闊步走向一座布置得井然有序的花園，在星光下踏上碎石小徑。腳下石子銳利，讓他感到一股沁涼。他直接走到一棵葉面光滑、盛開著巨大紫色花朵的灌木底下方便，排泄物令人作嘔的味道讓他對周遭的溼潤空氣有些反胃，於是他縮起下顎，試圖將臭味趕出鼻孔。

最後羅斯提將自己安頓在籬笆的一根木樁上。這裡是他花園的邊界，也是他最喜歡待的地方，他可以從這裡看見隔壁的花園，還有遠處的茂密森林。

雨停了。在他身後，被刻意修短的草坪沐浴在月光下，但籬笆外的林子卻是一片幽暗。羅斯提向前伸長脖子，用力嗅聞空中的溼氣。在一身厚毛的保護下，他的皮膚乾爽溫暖，但薑色毛髮上的晶瑩雨滴，仍令他覺得無比沉重。

他聽見他的主人在後門最後一次呼喚他。如果羅斯提現在走向主人，主人一定會用溫柔的話語和愛撫來迎接他，歡迎他睡在他們的床上，然後他會很滿足地蜷伏在他們的膝蓋彎處，與他們溫暖地共眠。

但這次羅斯提沒有理會主人的呼喚，而是將目光移向森林。雨後的林子，氣味尤其清新。

他背上的毛突然倒豎。是不是有什麼東西在動？好像有誰在偷看他？羅斯提探頭張望，但幽暗的空氣裡盡是樹木的味道，根本看不見也聞不到任何東西。他放膽抬起下巴，站起來，拉直身體，腳爪緊攀住籬笆的邊緣。接著他伸長腿、弓起背，閉上眼睛，再次深吸林中的氣味。黑暗中好像有什麼東西在召喚他，引誘他深入其中。他繃緊肌肉，蹲伏了一會兒，最後往籬笆外頭的雜草地縱身一躍，落地的剎那，頸圈的鈴鐺在寂靜的夜空中發出聲響。

「你要去哪裡，羅斯提？」後方傳來熟悉的喵嗚聲。

羅斯提抬頭一看，一隻年輕、毛色有黑有白的花貓正笨拙地走在籬笆上。

「嗨，史莫奇。」羅斯提答道。

「你不會是想去那座林子吧？」史莫奇琥珀色的眼睛睜得又圓又大。

「我只是去看看而已。」羅斯提坦承，身體不安地蠕動著。

「我可不跟你去，那太危險了！」史莫奇不屑地皺皺自己的黑鼻子，「亨利說他去過林子一次。」那隻貓抬頭用鼻子指指另一排籬笆，那裡是亨利的花園。

「那隻老肥貓才沒去過林子！」羅斯提嘲弄道，「他自從去過獸醫那裡之後，就幾乎沒離開過自己的花園了，滿腦子只知道吃和睡。」

「不，是真的！他在那裡抓過一隻知更鳥！」史莫奇堅持。

「好吧，就算他去過，也是在去看獸醫之前。現在他只會抱怨小鳥擾他清夢。」

「唉呀，反正……」史莫奇繼續說，完全無視羅斯提語氣中的不屑。「亨利告訴過我，那裡有很多危險的動物。比方有專吃活兔子當早餐的大野貓，他們拿吃剩的骨頭來磨自己的爪子。」

「我只是想去看一看而已。」羅斯提說，「又不會待很久。」

「好吧，那就別說我沒警告過你哦！」史莫奇喵喵叫。說完，這隻黑白花貓便轉過身，跳下籬笆，回到自己的花園去了。

羅斯提在花園籬笆外的雜草地上坐了下來。他有些緊張地舔舔自己的肩膀，開始懷疑史莫奇的那番話到底有多少真實性？

這時突然有個小東西在動，吸引了他的注意。他看見牠跑進長滿刺的灌木叢裡。他直覺地壓低身體，一步一步挪動腳步，穿過矮樹叢，往前探去。他豎直耳朵，張開鼻孔，眼睛眨也不眨，慢慢往那隻小動物靠近。現在他可以清楚看見對方了，牠就坐在有刺的樹叢間，正抓著一顆碩大的果實在啃。牠是一隻老鼠。

羅斯提輕搖臀部，隨時準備撲上去。他屏住呼吸，免得肚子又發出咕嚕聲。興奮的感覺在他全身流竄，心撲通撲通地跳，這簡直比作夢還過癮！這時樹枝突然霹啪作響，有什麼東西踩著樹葉，發出窸窸窣窣的聲音。他嚇得跳起來，沒想到就連肚子也在這時很不爭氣地咕嚕直響，那隻老鼠逮住機會，瞬間逃進更深的灌木叢裡。

羅斯提站定不動，環目四顧，然後看見一條毛茸茸、尾尖帶白的紅色尾巴，正從他前方高大的蕨葉叢裡拖曳而過。他聞到一股陌生的強烈氣味，對方絕對是食肉動物，但既不是貓也不是狗。羅斯提分了神，根本忘了老鼠的事，他好奇地緊盯那條紅色尾巴，一心想看得更清楚。

羅斯提慢慢地往前方潛行，繃緊所有神經。他覺察到後方出現聲響。就在他後面，但那聲音不大，而且聽起來很遠。他把耳朵朝後，想聽得更仔細。**是腳步聲嗎？**他有些納悶，但兩眼仍緊盯著前方那條奇怪的紅色尾巴，身體繼續慢慢前進。這時後方原本微弱的聲響突然變大，有東西從後面快速逼近，地上的落葉被踩得霹啪作響，羅斯提這才驚覺自己深陷危險。

某種動物猛然撞上來，羅斯提瞬間摔了出去，掉進蕁麻叢裡。他扭動身體，大聲嚎叫，試圖甩掉緊抓住他背部不放的攻擊者。對方用尖銳的利爪緊緊掐住他，羅斯提感覺到有利齒戳進他的脖子。他不斷地扭動翻轉，但就是掙脫不了。他想自己沒救了，心灰意冷，突然間腦筋飛快一轉，他猛地翻過身體，讓肚皮朝上。他當然知道曝露柔軟的肚皮有多危險，但這是他唯一的活命機會。

他很幸運——這計畫似乎奏效了。他聽見被他壓在底下的攻擊者發出憤怒的嚎叫。羅斯提猛力一扭，總算脫身，他根本顧不得回頭看，趕緊往家裡的方向跑。

羅斯提從身後急促的腳步聲得知，對方正緊追不捨。雖然剛剛的傷口很痛，但羅斯提還是決定轉身應戰，他可不想再被對方從後面撲上來。

他馬上停下腳步，回轉過來，面對窮追不捨的攻擊者。

原來對方是一隻很年輕的貓，擁有一身蓬亂的灰毛，四肢強壯，有張大臉。羅斯提一下子便嗅出對方是隻公貓，他感覺得到那一身軟毛之下，鐵定有著結實有力的肩膀。對方本來全速衝向羅斯提，卻被羅斯提的突然轉身給嚇得緊急煞車，露出一臉驚訝的表情。

其實羅斯提也被自己這一招給嚇了一跳，他有些遲疑，但隨即站穩腳步，弓起背來準備迎戰，他的橘紅色毛髮膨脹倒豎，隨時打算撲上去。沒想到他的對手反倒坐了下來，開始舔起前掌，看來他不想再繼續打下去。

羅斯提突然覺得很失望，他本來已經蓄勢待發，隨時準備開戰了。

「嗨，寵物貓！」灰色的公貓開心地說，「你打起架來還真狠！」

羅斯提仍然繃緊四肢，站在原地，心想要不要現在撲上去，但又想到剛剛對方用爪子將他壓在地上的那股力道，於是他乾脆放鬆四肢的肌肉，拉直背脊。「必要的話，我可以和你再打一架。」他怒斥著。

「哦，順便告訴你一聲，我叫灰掌。」灰貓繼續說，完全無視於羅斯提的威嚇。「我正在接受雷族的戰士訓練。」

羅斯提沒吭聲，他不懂這團灰毛球在說什麼，但他知道危險已經過了。他不動聲色地跟著坐下，舔平胸前凌亂的毛。

「像你這種寵物貓，來林子裡做什麼？你不知道這裡很危險嗎？」灰掌問。

「如果你就是這林子裡號稱最危險的動物，那我想我還應付得來。」羅斯提故意唬他。

灰掌抬頭看了他一眼，眯起黃色的眼睛。「哦，不，我不是最危險的動物，如果我能成為半個戰士的話，保證會讓你這個入侵者吃不完兜著走。」

羅斯提被他的話給嚇到了，他口中的「入侵者」是什麼意思？

「反正……」灰掌繼續說，一邊忙著用利齒挑出腳爪勾住的一團雜草，「我是覺得沒必要對你窮追猛打，因為你顯然不是別族的貓。」

「別族？」羅斯提重複這個詞，充滿疑惑。

灰掌發出不耐的嘶聲。「你總該聽說過附近經常有四大族的戰士在這裡出沒狩獵吧！我是雷族的，其他族總是想從我們的地盤上偷捕獵物，尤其是影族。他們很殘忍，絕對能把你撕成碎片。」

灰掌停頓一下，憤怒地吐了口口水，然後繼續說：「他們來這裡偷捕我們的獵物，所以雷族戰士的工作就是把他們趕出去。等我受完訓練，我就會變得比現在更凶猛，保證讓其他族的貓嚇得屁滾尿流，一步也不敢接近我們！」

⚡⚡⚡

羅斯提瞇起眼睛。這應該就是史莫奇曾經警告過他的野貓吧！他們在林子裡求生，四處狩獵，為了爭奪食物，打得你死我活。但羅斯提一點也不害怕。事實上，他還蠻佩服這隻超級有自信的貓。「所以你還不是戰士囉？」他問。

「幹嘛這麼問？你以為我是嗎？」灰掌驕傲地問，然後突然搖搖他那顆毛茸茸的大頭顱。「我還得磨練很久，才能成為真正的戰士。我得先通過訓練才行。小貓得滿六個月大，才能開始接受訓練。今晚是我第一次以見習生的身分出來巡邏。」

「你為什麼不幫自己找個主人，那麼你就能住在溫暖舒適的屋子裡，不必再為自己的生活奔波。」羅斯提說，「這裡有好多屋主都會接納像你這種小貓，你只要連續幾天都坐在他們看得到你的地方，然後表現出很飢餓的樣子……」

「然後他們就會餵我吃那種像兔子大便的小丸子和恐怖的髒水？」灰掌打斷道，「想都別想，這世上再也沒有比當寵物貓更悲慘的事情了，他們只是兩腳獸的玩具而已！專吃一些不像食物的食物，只能在沙盆裡拉屎。除非兩腳獸答應他們，否則他們不敢把鼻子探出屋外，真是一點生命力也沒有！而這外頭可自由多了，完全不受拘束，愛去哪兒就去哪兒。」他很自豪地啐了一口，淘氣地喵嗚道：「你要是沒嚐過現宰的老鼠，這輩子就等於白活了，你吃過老鼠嗎？」

「沒！」羅斯提承認，但又不認輸地補了一句：「還沒！」

「那我想你可能永遠也不懂我在說什麼。」灰掌嘆口氣說：「你生來就不是野貓，這中間的差別很大。你必須生來就流著戰士的血液，或者天生就有很敏銳的感覺，光靠頰鬚就能辨別風的味道。不過在兩腳獸巢穴裡出生的貓，是永遠體會不到這種境界的。」

羅斯提想起夢裡的情景，「才不是那麼回事呢！」他憤憤不平地說。

灰掌沒有回答，他突然停止舔腳的動作，腳還舉在半空中，鼻子卻開始嗅聞空氣裡的味道。

「我聞到我們族貓的氣味了。」他噓聲說道，「你快走吧，他們不會希望在自己的地盤裡看到你。」

羅斯提四處張望，心想灰掌怎麼知道有貓接近？他只能從風中聞到迎面拂來的青草味兒。但灰掌急迫的語氣令他寒毛倒豎。

「快點！」灰掌再次催促他，「快跑！」

羅斯提原本打算跳進灌木叢裡，但不知道哪個方向才安全。來不及了，一個低沉但帶有敵意的聲音在他背後響起。「這裡出了什麼事？」

羅斯提回過頭去，只見一隻灰色的母貓威嚴地從矮樹叢那裡緩緩走來。她看起來高高在上，口鼻四周長著一圈白毛，肩膀有一道可怕的傷疤，平滑的灰毛在月光下發出熠熠銀光。

「藍星！」站在羅斯提旁邊的灰掌立刻蹲伏下去，瞇起眼睛。等到第二隻貓——另一隻英挺、金黃色的虎斑貓——跟著灰貓一同出現在空地上時，他蹲伏得更低了。

「灰掌，你不該這麼靠近兩腳獸的地盤！」金色的虎斑貓瞇起一雙綠眼睛，氣呼呼地說。

「我知道了，獅心，對不起！」灰掌低頭看著自己的腳爪。

羅斯提也學灰掌那樣，將身體蹲得低低的。他的耳朵緊張地抽動著。這些貓都具備強者的姿態，這是他那些花園裡的朋友所沒有的。也許史莫奇的警告是對的。

「這位是誰？」母貓問。

當她把目光轉向羅斯提時，羅斯提的身體抽了一下。對方那雙銳利的藍眼珠讓他覺得無處可逃。

「他不構成威脅，」灰掌很快回答道，「他不是別族的貓，只是兩腳獸的寵物，來自我們的地盤之外。」

只是兩腳獸的寵物！這句話令羅斯提大為光火，但他沒有吭聲。他從藍星警告的目光看得出來，她不是沒看見他眼裡的憤慨，只好把目光移向別處。

「這位是藍星，我們的族長！」灰掌低聲對羅斯提說，「還有獅心，他是我的導師，他會把我訓練成戰士。」

「謝謝你的介紹，灰掌！」獅心冷冷地說。

藍星還在瞪著羅斯提，「就兩腳獸的寵物貓來看，你的打鬥技巧算是不錯的。」她說。

羅斯提和灰掌疑惑地互看一眼。她怎麼知道？

「我們剛剛一直在注意你們。」藍星繼續說，彷彿可以讀出他們的心思似地。「灰掌，我們很好奇你會怎麼對待一名入侵者，結果發現你很勇敢地向對方發動攻擊。」

灰掌聽到藍星讚美自己，顯得很開心。

「你們兩個都起來吧！」藍星望著羅斯提。「你也一樣，寵物貓。」羅斯提聽見她這麼說，立刻坐起來，迎向她的目光。

「寵物貓，你對這次的攻擊反應很快。灰掌雖然比你強壯，但你卻懂得利用智慧來防禦自己。他窮追不捨時，你竟然敢突然轉身面對他，我從沒見過像你這樣的寵物貓。」

羅斯提點頭道謝，有點驚訝對方竟然會稱讚他。但藍星的下一句話，令他更意外。

「其實我一直很好奇你要是走出兩腳獸的地盤，來到這裡，會有什麼樣的表現。我們常常來這裡巡守，所以我也常看見你坐在你的邊界上眺望林子。現在你終於敢走進來這裡了。」藍星若有所思地看著羅斯提。「你似乎天生就有狩獵的本能。你的眼睛夠銳利，要不是猶豫太久，早就抓到那隻老鼠了。」

「真……真的嗎？」羅斯提結結巴巴地問。

獅心這時說話了，他低沉的喵嗚聲雖然恭敬，但語氣似乎不以為然。「藍星！他是寵物貓，根本不應該在雷族的地盤裡狩獵，快送他回兩腳獸那裡！」

羅斯提聽見獅心蔑視自己的話，不禁豎起毛髮。「送我回家？」他不耐煩地問。藍星的話顯然加強了他的自尊心。她注意到他了，而且對他印象深刻。「但我才來這裡抓過一、兩次老鼠而已，我相信這附近還有夠多的老鼠可以抓。」

藍星顯然同意獅心的話，她的目光掃過羅斯提，藍色的眼睛閃著怒光。「誰說夠多？」她吐了吐口水說，「你是好日子過慣了，搞不清楚狀況……」

藍星的暴怒讓羅斯提不解，他看見灰掌露出驚恐的神情，就知道自己話說得太沒分寸了。獅心靠向族長身邊，兩位戰士一起朝他逼近。羅斯提看見藍星威嚇的目光，原有的驕傲瞬間化為烏有。他們可不像他平常打交道的那群貓，不會愜意地坐在火爐邊。他們是一群凶猛、飢餓的野貓，很有可能會把灰掌剛剛沒處理掉的事一次解決掉。

第二章

「你說呢？」藍星嘶聲說道。她的臉離他只有一隻老鼠那麼近的距離。獅心也低頭瞪著他，沒有開口。

他讓耳朵平貼著，在金色戰士的冰冷目光下乖乖地蹲伏。「我對你們的族不會構成威脅。」他說，低頭看著自己發抖的腳爪。

「你吃我們的食物，對我們來說就是一種威脅。」藍星斥責道。「你在兩腳獸那裡有足夠的食物，來這裡狩獵只是為了好玩，但我們可是為了生存才狩獵的。」

這位戰士皇后的肺腑之言有如鞭子一般打醒了羅斯提。羅斯提突然明白她為什麼會這麼生氣。他不再顫抖，坐起身、豎起耳朵，抬眼正視她。「對不起，我以前從沒想到這點。」他嚴肅地說，「我以後不會再到這裡狩獵了。」

藍星原本倒豎的毛瞬間平復下來，她示意獅心退後。「羅斯提，你是一隻很不一樣的寵物貓。」她說。

灰掌鬆了一口氣，羅斯提則抽動著耳朵。他聽見藍星肯定自己的語氣，也注意到她和獅心意味深長地交換了一個眼色。他們的表情令他好奇。這兩位戰士究竟想幹什麼？「在這裡求生真的很難嗎？」

「我們的領土只佔森林的一部分。」藍星答道，「我們必須和其他族競爭。今年，新葉季來得很晚，這表示獵物會很少。」

「你們這族有很多貓嗎？」羅斯提問道，眼睛睜得大大的。

「很多，」藍星回答，「但我們地盤裡的資源只夠我們自己利用，沒有什麼多餘的。」

「你們全都是戰士？」羅斯提問。藍星刻意謹慎的回答，反倒激起羅斯提的好奇心。

獅心答覆他：「有些是戰士沒錯。有些貓年紀太輕或太老，有些得幫忙照顧小貓，所以沒空出來狩獵。」

「所以你們是共同生活在一起，共同分享獵物囉？」羅斯提敬畏地問。他一想到自己過得這麼輕鬆愜意，便覺得有點罪惡感。

藍星再度看向獅心，金色的虎斑貓很鎮定地回望了她一眼。最後藍星把目光轉向羅斯提，問道：「下面這個問題或許應該由你自己去解答。你想加入雷族嗎？」

羅斯提吃驚到說不出話來。

藍星繼續說：「如果你願意，可以和灰掌一起接受戰士訓練。」

「可是寵物貓不能當戰士。」灰掌脫口而出，「他們身上根本沒有戰士的血液。」

藍星的眼神裡染上淡淡的哀愁。「戰士的血液。」她嘆了口氣，重複這幾個字。「我們最近已經流失太多戰士的血液了。」

藍星陷入沉默，獅心開口說：「小伙子，藍星只是提供你訓練的機會，並不保證你一定會成為合格的戰士。或許這對你來說太難了，畢竟，你已經過慣舒適的生活了。」

獅心的話刺痛了羅斯提。羅斯提轉頭面對金色的虎斑貓，問道：「那你們為什麼要給我這個機會？」

藍星回答：「小伙子，這個問題問得好，理由是雷族需要更多戰士。」

「你要知道，藍星不是隨便提供這個機會的，」獅心警告他，「如果你答應接受我們的訓練，就得跟我們回去。你必須和我們住在一起，尊重我們的生活方式，要不然，你就回兩腳獸那裡，再也不要回來。你不可能腳踏兩條船。」

冷風襲來，矮樹叢隨風擺盪，刷過羅斯提的毛。羅斯提突然全身發抖，那不是因為冷，而是想到未來的空間無限寬廣，突然感到很興奮。

「你在懷疑值不值得放棄現在舒適的生活嗎？」藍星語氣溫和地問道，「你知不知道你要付出什麼代價，才能過那種舒適的生活？」

羅斯提一臉困惑地看著她。這場驟然的相遇，顯然讓他看清自己過得有多奢侈、多愜意。

「雖然你身上有兩腳獸的臭味，」藍星補充，「但我看得出來，你還是一隻公貓。」

「什麼叫還是一隻公貓？」

「你還沒被兩腳獸帶到快刀手那裡，」藍星慎重地回答，「如果你已經去過了，就會變得很不一樣，甚至不再有作戰的鬥志。」

羅斯提一臉疑惑。他突然想到亨利，自從他去過獸醫那裡，體型就變胖了，也變懶了，獸醫就是藍星所說的快刀手嗎？

「雷族或許無法提供你容易到手的食物或溫暖的住所，」藍星繼續說，「禿葉季時，夜裡的森林是很殘酷的。雷族要求的是絕對的忠誠與辛勤的工作；必要時，你得為了保護雷族而犧牲生命。雖然我們必須餵飽許多張嘴，但你會得到豐厚的報酬；你還是可以當一隻公貓，可以在野地裡接受訓練，學會如何成為一隻真正的貓。即便你獨自狩獵，雷族的力量與精神也會與你同在。」

羅斯提的頭有些暈眩。藍星所描述的未來，似乎是他夢中多次看到的景象，是那麼地吸引人……但在現實生活中，他能這樣過日子嗎？

獅心打斷他的思考。「走吧，藍星，別在這裡浪費時間了。我們得在月亮高掛時和另一支巡邏隊會合。虎爪一定很納悶我們怎麼還沒回去。」他站起身，彈彈尾巴。

「等一下，」羅斯提說，「我可不可以考慮一下？」

藍星注視著他好一會兒，最後點點頭。「獅心明天中午會來這裡，」她告訴羅斯提，「到時候你再給他答覆。」

接著藍星低聲釋出暗號，三隻貓立即轉身，消失在矮樹叢裡。

羅斯提眨眨眼，既興奮又疑惑，在蕨葉叢裡他抬頭仰望熠熠發亮的群星。雷族野貓濃烈的氣味仍停留在空氣中。羅斯提轉身往回家的路走去，他覺得有一種奇怪的感覺在身體裡流竄，牽引著他回到森林深處。他的毛在微風中豎起，沙沙作響的樹葉似乎在輕喚他的名字，要他走進樹蔭。

第三章

昨夜在外遊蕩的羅斯提，早上補眠時又夢見了老鼠，而且老鼠的身影比以往更清晰。沒帶頸圈的他站在月光下，悄悄往那隻驚慌的小動物靠近。只不過這次他知道自己受到監視。他看見林子暗處有幾十雙黃色的眼睛閃爍著。雷族那些野貓走進他的夢中世界。

羅斯提驚醒過來，明亮的陽光遍灑在廚房的地板上，讓他不得不瞇起眼睛。他覺得全身暖烘烘的，有些昏昏沉沉。食碗裡裝滿食物，盛水的碗也才洗過，盛滿有些苦澀的兩腳獸專用水。羅斯提比較喜歡喝外面池塘裡的水，但他不得不承認，當外面天氣很熱或他很渴的時候，直接喝屋裡的水是很方便。他真的能夠放棄這麼舒適的生活嗎？

吃過東西後，羅斯提穿過專供貓兒出入的活動門板，走進花園。今天一定很溫暖，花園裡充滿花朵初綻的香味。

「哈囉，羅斯提！」一個聲音從籬笆那裡傳來，是史莫奇。「你一個小時前就該醒了，小麻雀早就出來玩了。」

「你抓到麻雀了？」羅斯提問。

史莫奇打了個呵欠，伸出舌頭舔舔鼻子。「我幹嘛自找麻煩？我在家裡吃得夠飽了。我只是好奇你怎麼沒早點出來？昨天你不是還在抱怨亨利愛睡懶覺嗎？我看你今天也沒好到哪兒去。」

羅斯提在籬笆旁冰冷的地面上坐下，尾巴整齊地擱放在自己的前腳。「我昨晚去了林子。」他告訴他的朋友。突然間他覺得熱血沸騰。

史莫奇俯看著他，眼睛睜得大大的。「對哦，我都忘了！怎麼樣？有沒有抓到什麼東西？還是被什麼東西給抓到了？」

羅斯提停頓了一下，他不確定該不該說出那件事。「我遇見了幾隻野貓。」他終於開口。

「什麼？」史莫奇顯然很驚訝。「你和他們打架了？」

「嗯，也算啦！」想到那些野貓孔武有力的身手，羅斯提覺得自己身上也流竄著一股力量。

「你受傷了？發生了什麼事？」史莫奇急切地問。

「總共有三隻野貓，體型都比我們大，而且比我們強壯。」

「你和他們三個打起來？」史莫奇打斷他，尾巴興奮地抽動著。

「沒有啦！」羅斯提急忙說，「我只和那隻年輕的野貓打架而已，另外兩隻後來才到。」

「他們怎麼沒把你撕成碎片？」

「他們只是來警告我離開他們的地盤，可是後來……」羅斯提有些猶豫。

「後來怎麼樣？」史莫奇不耐煩地問。

「他們提議我加入他們那一族。」

史莫奇的頰鬚不停抖動，一副不敢相信的樣子。

「真的！」羅斯提很肯定地回答。

「他們為什麼要這麼做？」

「我也不知道，」羅斯提承認，「我想他們可能需要新血加入吧！」

「聽起來很詭異，」史莫奇疑惑地說，「如果我是你，我才不相信他們呢。」

羅斯提看著史莫奇。羅斯提知道這位黑白花紋的朋友從來不想去林子裡探險，他對目前的生活很滿意，自然不能體會自己夜裡作夢時的那種不安與渴望。

「可是我相信他們。」羅斯提輕聲說，「而且我決定加入他們。」

史莫奇趕緊從籬笆上爬了下來，站在羅斯提面前。「千萬不要去，羅斯提，」他提出警告，「我可能以後再也見不到你了。」

羅斯提感動地用頭推推他。「別擔心，我的主人會再找到一隻貓的，到時候你會和他處得很好。你一向和大家都處得很好。」

「但那不一樣啊！」史莫奇嗚咽著。

羅斯提不耐煩地拍拍尾巴。「這就是重點。如果我繼續待在這裡，總有一天他們會送我去快刀手那裡，到時候我就會變得很不一樣了。」

史莫奇一臉迷惑。「快刀手？」他重複這三個字。

「獸醫。」羅斯提解釋道，「我們都會變，變得像亨利那樣。」

史莫奇聳聳肩，低頭看看自己的腳爪。「像亨利也很好啊，」他含糊地說，「我的意思是，我知道他現在變得比較懶，但他又沒有不快樂，我們還是可以過得很開心。」

羅斯提想到從此得離開朋友，不免感傷起來。「我很抱歉，史莫奇，我會想念你的，但我真的得走。」

史莫奇沒有答腔，反倒向前一步，溫柔地與羅斯提互觸鼻頭。「你說得有道理，我懂，我不會阻止你的，但至少我們可以再快樂地玩一個早上。」

⚡⚡⚡

羅斯提發現自己比往常更珍惜早上的時光，他跟著史莫奇重新走訪以前幾個常去的地方，和從小一起長大的貓兒們閒話家常。他的感官突然變得很敏銳，似乎隨時準備來個花式跳躍。隨著正午逼近，羅斯提變得愈來愈不耐煩，他急著去看獅心是不是在等他。老朋友們慵懶的喵嗚聲，在他耳裡似乎成了背景音樂，他繃緊神經把注意力全放在那座樹林。

羅斯提最後一次從花園的籬笆上跳下來，緩緩走進林子。他已經向史莫奇道別過了。如今他所有的思緒都飄到林子和住在裡頭的野貓。

他走到昨夜遇見野貓的地方，坐了下來，嗅聞空氣的味道。這裡的高大樹木遮掉了正午的陽光，讓他覺得很涼爽。陽光透過樹葉縫隙，斑駁地灑落一地。羅斯提可以聞到和昨夜一樣的貓味，但他不知道這氣味是新的，還是昨天殘留的。他抬起頭，不太確定地繼續聞著。

「你要學的東西還很多，」一個低沉的聲音響起，「就連族裡年紀最輕的小貓，也能察覺到附近有沒有其他貓逗留。」

羅斯提看見刺木叢底下有一雙綠色的眼睛閃爍著。他認出那個味道了：是獅心。

「你能分辨出還有其他貓嗎？」這隻金黃色的虎斑貓問完，便踏進亮處。

羅斯提再聞了一次。藍星和灰掌的味道還在，但不像昨夜那麼強烈了。他有些遲疑地說：「藍星和灰掌這次沒和你在一起。」

「沒錯，」獅心說，「但還有別的貓。」

羅斯提又聞了一下，另一隻貓大搖大擺地走了出來。

「這位是白風暴，」獅心說，「也是我們雷族的資深戰士之一。」

羅斯提看著眼前這隻公貓，只覺背脊一陣寒涼。這是個陷阱嗎？體型修長、肌肉結實的白風暴低頭瞅著羅斯提。白風暴全身都是厚厚的白毛，雙眼是太陽曬過的黃沙色。羅斯提戒慎地將耳朵攏平，繃緊肌肉，準備隨時應戰。

「放輕鬆點，別把你身上的恐懼氣味散出來，引起不必要的注意。」獅心咆哮道，「我們只是來這裡帶你回我們的營地。」

羅斯提坐得筆直，幾乎不敢喘息，因為白風暴正探出鼻頭，好奇地嗅聞他。

「嗨，年輕小伙子。」白貓低聲說，「我聽說很多有關你的事。」

羅斯提點頭打招呼。

「走吧，到了營地，我們再好好聊聊。」獅心命令道，接著便和白風暴毫不遲疑地跳進矮樹叢裡。羅斯提趕緊站起來跟上去。

兩名戰士沒有停下腳步等羅斯提，反而在林子裡加快腳程前進，羅斯提則後面努力追趕。他們的腳步始終不曾慢下來，一路輕鬆地領著羅斯提躍過橫倒在地上的樹枝殘木，只是羅斯提一點也不輕鬆，得費力地爬過去。他們在香味撲鼻的松林間穿梭遊走，縱身跳過兩隻腳的吃樹怪獸在泥地上留下的深溝。以前在花園籬笆那裡，羅斯提就聽過遠方怪獸發出的隆隆聲響。現在眼前有一條寬寬的深溝，根本跳不過去，裡頭還積滿髒水。但那兩隻雷族的貓卻毫不猶豫地涉水而過。

羅斯提從來沒把腳伸進水裡過，但他又不想被對方看扁，只好硬著頭皮，有樣學樣，盡量不去想肚子以下的毛被水浸溼的不適感。

終於，獅心和白風暴停了下來。在他們身後的羅斯提也緊急煞住腳步，氣喘吁吁。這時這兩隻貓不約而同地走到溝壑邊的石塊上。

「我們快到營地了。」獅心說。

羅斯提睜大眼睛，想看看附近還有誰——他想或許會在窸窣作響的草叢或灌木叢裡隱約看見一些毛茸茸的身影，但他什麼也沒看到，除了林地上那片矮樹叢。

「好好利用自己的鼻子，你應該聞得出來。」白風暴不耐煩地說。

羅斯提閉上眼睛，又聞了一次。白風暴說得沒錯，這裡的味道和以前聞到的貓味很不一樣。這裡的味道更強烈，應該有很多貓。

他若有所思地點點頭，大聲說道：「我聞到貓的味道。」

獅心和白風暴交換眼神。

「總有那麼一天，等你被雷族完全接納以後，就能分辨出每隻貓的氣味，叫出他們的名字。」獅心說。「跟我來吧！」他敏捷地帶著羅斯提走下大圓石，來到溝壑底部，穿過茂密的金雀花叢。羅斯提緊跟著，白風暴則走在最後。羅斯提一路擦過扎人的金雀花叢，他低頭發現腳下的草地早被踏平，成了一條氣味濃烈的小徑。這一定是通往主要入口的通道，他想。

原來在溝壑的另一頭，是一片開闊的空地。空地中央草木不生，土質堅硬，留下一代又一代的貓兒足跡。這座營地已經在這裡很長一段時間了。空地上滿是斑駁的光影，空氣顯得溫暖而寧靜。

羅斯提環顧四周，眼睛睜得大大的。這裡到處都是貓，有的獨自坐著，有的結伴而坐，不是在分享食物，就是靜靜地互相舔毛。

「只要過了正午，天氣沒那麼熱時，大家就會出來分享舌頭。」獅心解釋。

「分享舌頭？」羅斯提重複這四個字。

「我們族裡的貓喜歡互相梳理毛，順道分享一天的見聞。」白風暴告訴他，「我們說這是分享舌頭，這是我們聯絡感情的一種方法。」

那些貓顯然聞到羅斯提的陌生氣味，紛紛轉過頭來，好奇地朝他張望。一下子變成眾貓注目的焦點，羅斯提覺得有點不好意思，轉頭四處張望。只見空地邊緣有一圈厚厚的草地，裡面零星點綴了幾根樹枝殘幹。層層的蕨葉叢和金雀花叢將這片營地與林子完全隔開。

「那裡……」獅心說完，用尾巴指著一處濃密的有刺灌木叢，「是育兒室，我們的小貓都住在那裡。」

羅斯提將耳朵轉過去，他無法用眼睛透視茂密的枝葉，卻聽得見裡面有小貓喵嗚著。當他瞧得正仔細時，一隻薑黃色的母貓從前方一個小縫裡鑽了出來。**那一定是另一隻貓后。**羅斯提想。

只見一隻黑色斑紋顯眼的虎斑貓后出現在刺木叢附近。這兩隻母貓友善地彼此互舔，然後虎斑母貓便進入育兒室，去哄那群尖聲吵鬧的小貓。

「照顧小貓的工作由貓后們共同分擔，」獅心說，「所有的貓都要為本族服務。效忠本族是我們戰士守則的第一條。如果你想和我們在一起，就得先學會這個。」

「藍星來了。」白風暴嗅嗅空氣說。

羅斯提也跟著嗅聞空氣裡的味道。這時一隻灰色母貓從空地前方的大圓石暗處走了出來，羅斯提很高興自己能在她現身之前，先嗅出她的氣味。

「他來了。」藍星開心地說，一邊向戰士們打招呼。

白風暴回答：「獅心還以為他不會來了。」

羅斯提注意到藍星的尾巴不耐煩地抽動著，「你覺得他怎麼樣？」她問。

「他雖然個子小，但回程時都跟得上。」白風暴承認，「以一隻寵物貓來說，他算夠強壯的了。」

「所以你們同意囉？」藍星同時看著獅心和白風暴。

兩隻貓點點頭。

「那麼我現在就向族人宣布他的加入。」藍星跳上大圓石，大聲喊道，「所有已成年的貓兒，請帶著自己的獵物到高聳岩下方集合。」

貓兒們聽見她宏亮的召喚聲，全都緩步朝她走來，看起來就像深色的液體從空地邊緣往中央漫開。羅斯提站在原地，旁邊是獅心和白風暴。其他貓則在高聳岩下方坐下，抬頭仰望他們的族長。

羅斯提看到灰掌的灰色身影，鬆了口氣。灰掌旁邊坐著年輕的貓后，她是玳瑁貓，尾尖是黑色的，尾巴整齊地疊放在小小的白色腳爪上。有隻深灰色的大虎斑貓蹲伏在他們後面，他的黑條紋看起來像是月光下林地上的暗影。

等到這些貓全都坐定，藍星才開口。「雷族需要更多的戰士，」她開始說，「如今我們的見習生史無前例地少，所以我決定接受外來者加入，同意他們接受戰士訓練……」

羅斯提聽見一波又一波的抗議聲，但藍星不為所動，用堅定的怒吼將他們的聲音壓了下去。「我已經找到一隻願意成為雷族見習生的貓。」

「他最好能當見習生。」在貓群的竊竊私語中，有個聲音特別響亮。

羅斯提轉過頭去，只見一隻淺色虎斑貓站了起來，放肆地瞪著族長。

藍星沒理會那隻虎斑貓，繼續對族人說話：「獅心和白風暴已經見過這隻年輕的貓，他們也都同意我的看法，認為我們可以好好訓練他。」

羅斯提抬眼看看獅心，然後回頭去看那些貓，他發現大家的眼睛全盯著他。他寒毛倒豎，不自覺地吞了吞口水。全場一片靜默，羅斯提想他們一定都聽見了他撲通撲通的心跳聲，甚至聞到他的恐懼。

貓群間開始響起質疑的聲音。

「他是從哪裡來的？」

「他屬於哪個族？」

「他身上的味道好奇怪喔！我相信這不是部族貓的氣味。」

這時一聲吼叫響起，蓋過這片聲浪，「你們看他的頸圈，他是一隻寵物貓。」又是那隻淺色虎斑貓。「只要當過寵物貓，就一輩子是寵物貓。我們需要的是會保衛雷族的野地戰士，而不是多一張吃飯的嘴。」

獅心彎下身在羅斯提耳邊小聲說道，「那個是長尾，他聞到你身上害怕的氣味了，他們都聞到了。所以你必須向他證明，也向其他貓證明，你不會因為恐懼而退縮。」

羅斯提無法動彈。他怎麼知道要用什麼方法，向這些貓證明自己不是一般的寵物貓？

那隻虎斑貓長尾繼續在貓群裡奚落他。「你的頸圈就是兩腳獸的標誌，還有那個叮咚作響的鈴鐺，你要怎麼狩獵啊？搞不好還會把兩腳獸引來，為了找回你這隻戴著鈴鐺、叮咚作響的可憐小貓。」

所有的貓都認同地大聲訕笑起來。

長尾繼續說，因為他知道大家現在都站在他那邊。「就算我們的敵人不會聞到你身上的兩腳獸臭味，你身上的鈴鐺也會引起他們的注意。」

獅心再度在羅斯提耳邊輕聲提醒：「你打算就這樣放棄？」

羅斯提還是沒有任何動作，但他試圖找出長尾所在的位置。就在那裡，他就站在一隻暗棕色貓后的後方。羅斯提平貼耳朵，瞇起眼睛，發出低沉的嘶吼，然後突然一躍，衝過一臉詫色的貓群，直接往那個討厭的傢伙撲去。

長尾沒料到羅斯提會攻擊他，他想閃到旁邊，但卻重心不穩，跌在地上。羅斯提滿腔怒火想證明自己不是弱者，他伸出利爪戳進虎斑貓的毛裡，用牙齒咬住他。這場搏鬥就在沒有任何宣告儀式下開打，兩隻貓直接廝殺纏鬥、翻滾扭打，在營地中央上演起全武行。其他的貓趕緊閃避，以免被波及。

就在揮爪奮戰的時候，羅斯提突然發現自己不再害怕，情緒變得激昂憤慨，透過血脈賁張的耳朵，他聽到別的貓在一旁鼓譟。

羅斯提頓時驚覺頸圈變得很緊，原來長尾正用牙齒咬住它，用力地往後扯。羅斯提只覺得自己被掐得喘不過氣，開始慌張起來，他痛苦地扭動身軀，但愈是扭動，被長尾掐得愈緊。他張開嘴吸了一些空氣，然後用盡全身力氣掙脫——突然啪地一聲，他解脫了。

長尾被摔得遠遠的。羅斯提好不容易才爬起來，四處張望；只見長尾蹲伏在離他三條尾巴遠的地方，嘴裡叼著那個頸圈……頸圈在他嘴下晃呀盪的，壞掉了。

這時藍星跳下高聳岩，發出雷鳴般的嘶吼，吵雜的貓群瞬間安靜下來。羅斯提和長尾氣喘吁吁地待在原地沒動，毛髮凌亂。羅斯提知道自己的眼睛上方有傷口。長尾的左耳被羅斯提劃破了，鮮血滴在他精瘦的肩膀，滴在塵土飛揚的地面。他們仍對彼此充滿敵意。

藍星走上前，從長尾那裡接過頸圈，放在地上，然後說道：「新來者為了捍衛自己的名譽，已經在這場博鬥中掙脫兩腳獸的頸圈。這表示星族認同他——這隻貓已經從兩腳獸的桎梏中解脫了，現在他可以自由選擇要不要加入我們雷族，成為雷族的見習生。」

羅斯提看著藍星，嚴肅地點點頭，表示他願意。他起身向前，站在陽光下，讓酸痛的肌肉接受陽光的溫暖洗禮。明亮的陽光灑在他橘紅色的皮毛上，閃閃發亮。羅斯提驕傲地揚起頭，看向四周的貓。這一次，沒有一隻貓敢再多說話或揶揄他。羅斯提已經在戰鬥中證明自己是可敬的對手了。

藍星走向羅斯提，將破損的頸圈擱在他面前，然後用鼻子輕觸他的耳朵。「陽光下的你看起來有如一團火燄。」她低聲說，眼裡閃過一絲光芒，彷彿這句話對她來說，有什麼羅斯提不知道的深刻含意。「你打得很漂亮。」然後轉身向其他貓大聲說道：「從今天起，這名新成員在正式取得戰士封號以前，暫時叫做火掌，因為他身上的毛就像火燄一樣紅。」

她退後一步，和其他貓一起靜候羅斯提的下一步動作。羅斯提毫不猶豫地轉身，將地上的泥土和雜草踢到頸圈上，象徵埋葬他的過去。

長尾吼了一聲，一拐一拐地走出空地，往滿布蕨葉的角落走去。貓兒們三兩聚集，興奮地竊竊私語。

「嘿，火掌！」

羅斯提聽見身後傳來灰掌友善的聲音。**火掌！**乍聽到這個新名字，他覺得很神氣，轉身和這名喊他的灰毛見習生打招呼，嗅聞對方，表達他的善意。

「打得漂亮喔，火掌！」灰掌說，「尤其就一隻寵物貓來說。長尾是戰士，不過他兩個月前才剛晉升。你在他耳朵上留下的傷疤，恐怕會讓他記恨一陣子，你害他破相了，這一點倒是千真萬確。」

「多謝誇獎，灰掌，」火掌回答，「不過長尾真的很會打架。」他舔舔自己的前掌，並試圖莯淨他眼睛上方那道很深的傷口。這時他又聽見其他貓呼喚他的新名字，聲音此起彼落。

「火掌！」

「嗨，火掌！」

「歡迎你加入，小火掌！」

火掌閉上眼睛一會兒，盡情享受那些聲音的洗禮。

「這名字也取得好！」灰掌讚許地說，不過他也突然驚覺過來。

火掌四處張望。「長尾偷偷跑去哪兒了？」

「我猜他大概去斑葉的窩了。」灰掌朝長尾走進的蕨葉叢點點頭，「她是我們的巫醫，長得不賴哦，又年輕又漂亮，比以前大多數的……」

這時旁邊突然傳來低沉的嘶吼，打斷了灰掌原本想說的話。他們兩個同時轉頭，火掌認出這隻孔武有力的灰色虎斑貓，先前就坐在灰掌的後面。

「暗紋。」灰掌叫道，並低頭表示敬意。

這隻毛色光亮的公貓看了火掌好一會兒。「算你運氣好，只是頸圈斷了。長尾是年輕的戰士，我真不敢相信他會被一隻寵物貓給打敗！」他用不屑的口吻說出「寵物貓」三個字後，隨即轉身，昂首闊步地離開。

「現在的暗紋，」灰掌小聲地對火掌說，「不再年輕，也不帥了……」

火掌正要附和他朋友的話，卻突然被坐在空地邊緣的一隻老灰貓的警告聲給打斷。

「小耳嗅出有麻煩了！」灰掌邊說邊提高警覺。

火掌還沒會意過來，便看見一隻年輕的貓兒衝出灌木叢，跑進營地裡。那是一隻瘦巴巴的貓，除了尾尖有白點之外，從頭到腳一身黑。

灰掌倒抽一口氣。「那是烏掌！怎麼只有他？虎爪呢？」

火掌看見烏掌蹣跚穿過空地，上氣不接下氣，毛髮凌亂，全身髒污，眼裡盡是驚懼。

「烏掌和虎爪是誰？」火掌低聲問灰掌，這時只見好幾隻貓衝過他身邊，迎接烏掌。

「烏掌也是見習生，虎爪是他的老師。」灰掌很快解釋了一下，「黎明時，烏掌便跟虎爪和紅尾去出任務，對付河族，這傢伙真是幸運。」

「紅尾？」火掌重複這兩個字，完全被這些名字給搞得一頭霧水。

「他是藍星的副族長，」灰掌低聲說，「但為什麼只有烏掌回來呢？」他自言自語，才說完沒多久，藍星也出來了。灰掌抬頭聽他們在說什麼。

「烏掌？」藍星冷靜地問，藍色的眼睛透露出明顯的憂慮。其他貓兒紛紛靠攏，收起下顎，神情緊張。

「發生什麼事了？」藍星跳上高聳岩，俯看下方那隻全身發抖的貓。「快說，烏掌！」

烏掌仍舊氣喘吁吁，下腹部不住地收縮，鮮血直往地上滴，但他還是想盡辦法爬上高聳岩，站在藍星旁邊，轉身面對四周焦急的貓群，鼓足僅存的力氣，大聲說道：「紅尾死了！」

第四章

驚恐的叫聲在貓群間響起，迴盪在林中。烏掌身體搖搖晃晃，右前腿閃閃發亮；原來他的肩膀有一道很深的傷口，流出的鮮血浸溼了他的右前腿。「我們在河邊遇見五名河族戰士，就在離陽光岩不遠的地方，」他用顫抖的聲音繼續說，「橡心也是其中之一。」

「橡心！」在火掌身旁的灰掌倒抽一口氣。「他是河族的副族長，森林裡最偉大的戰士之一。烏掌真是太幸運了！真希望我是他，我真的……」灰掌的聲音被率先察覺烏掌回來的那隻老灰貓給狠狠地喝住。

火掌只得將注意力轉到烏掌身上。

「紅尾警告橡心，不准他的狩獵隊進入雷族的地盤，他說如果再逮到私闖的河族戰士，一律格殺勿論，可是橡……橡心不聽，他說他得餵飽他的族……族貓，不管我們怎麼威嚇都一樣。」烏掌停頓一下，喘了一口氣。他的傷口還在大出血，為了怕牽動肩膀的傷口，他以奇怪的姿勢站著。

「沒想到河族竟然在這時候發動攻擊。大家根本搞不清楚發生了什麼事，反正打得很激烈，我看見橡心把紅尾壓在地上，然後紅尾……」烏掌突然翻白眼，倒了下去，雖然他勉強爬起來，卻又再次倒下，最後竟滑下高聳岩，跌坐在地上。

一隻薑黃色的母貓趕緊跳上前去，蹲伏在他身邊，舔舔他的臉頰，放聲大喊：「斑葉！」這時一隻漂亮的玳瑁貓從蕨葉密布的角落裡跑出來。坐在灰掌旁邊的火掌早就注意到她了，她之前坐在灰掌旁邊。她用她那小巧的粉紅色鼻子把烏掌的身體翻過來，仔細檢查他的傷口，然後抬起頭說：「沒關係的，金花，他的傷勢不嚴重，但我需要一些蜘蛛網幫他止血。」

當斑葉跑回自己的窩時，原本寂靜無聲的空地再度被悲切的嚎叫聲給劃破。所有的眼睛全轉向聲音的來源。

一隻體型碩大的暗棕色虎斑貓蹒跚地穿過金雀花隧道。他叼的不是獵物，而是一具貓的屍首。他一步一步地把那具滿身是傷的屍體給拖到空地中央。

火掌伸長脖子，只瞄到一條鮮亮的薑黃色尾巴無力地垂在地上。驚慌的神色像寒風吹拂下的漣漪，在群貓之間蔓延開來。一直待在火掌身邊的灰掌，這時不禁悲從中來，整個身體蹲了下去。「紅尾！」

「這究竟是怎麼回事？虎爪？」在高聳岩上的藍星質問。

虎爪放下嘴裡叼著的紅尾屍體，神情鎮定地看向藍星。「他是光榮戰死的，被橡心打敗，我救不了他，但我趁橡心還在洋洋得意的時候，取了他的性命。」虎爪低沉的聲音強而有力。

「紅尾不會白白犧牲，因為我相信河族的狩獵隊再也不敢入侵我們的地盤了。」

火掌注視著灰掌，灰掌神色黯然，滿臉憂傷。

過了一會兒，幾隻貓走上前去，舔洗紅尾髒污的毛。他們一邊梳理，一邊對死去的戰士低聲說話。

火掌在灰掌的耳邊問：「他們在做什麼？」

灰掌答話時，目光一直沒離開過紅尾。「他的靈魂可能已經到星族那兒了，但大家還是想和紅尾說幾句話。」

「星族？」火掌重複一遍。

「那是天上的戰士們所組成的部族，祂們在天上俯視各個部族，你可以在銀毛星裡看見祂們。」

火掌一臉疑惑，灰掌繼續解釋：「銀毛星是一個星群，每天晚上都會出現在夜空中。每顆星辰都代表一位星族戰士。今夜，紅尾也將成為祂們當中的一員。」

火掌點點頭，灰掌走上前去，向死去的副族長作最後一次道別。

第一批貓向紅尾告別時，藍星仍靜靜地待在原地不動。但此刻，她卻跳下了高聳岩，慢慢走向紅尾的屍體。貓兒紛紛讓開，看著他們的族長蹲伏下來，與她的老夥伴作最後的話別。

告別完後，藍星才抬起頭，開口說話。她的聲音很低沉，語氣很悲切，族貓們全都靜靜地聆聽。「紅尾是一位勇敢的戰士。他對雷族的忠心無庸置疑。我一向倚重他的判斷力，雷族更是少不了他，他大公無私，謙遜有禮，本來可以成為一名很稱職的族長。」

她低垂著身體，鞠躬致意，並伸直前肢，默哀她已逝的老友。其他的貓也都過來，坐在她旁邊，同樣低下頭，弓起背，學她的默哀姿勢。

火掌當下目睹眼前一切。他不認識紅尾，卻不自覺地被族貓們的悲愴心情所感染。

灰掌又走回來，站在他身邊。「塵掌一定很難過。」他說。

「塵掌？」

「紅尾的見習生，就是那邊那隻棕色條紋的虎斑貓，不知道誰會是他的新老師？」

火掌看見有隻小虎斑貓正蹲在紅尾的屍體旁邊，失神落魄地望著地面。火掌的目光越過他，望向族長。「藍星會坐在旁邊哀悼多久？」他問道。

「可能一整個晚上吧，」灰掌答道，「紅尾已經當她的副手好幾個月了，她一定很捨不得他，他是最棒的戰士之一，體型雖然不像虎爪或獅心那麼魁梧，也沒那麼孔武有力，但卻是最敏捷聰明的戰士。」

火掌望向虎爪，很羨慕他那一身結實的肌肉與大大的頭顱。他的身上處處可見戰士的戰績，其中一隻耳朵有很深的V型缺口，鼻樑處有一道粗粗的傷疤。

虎爪突然站起身來，緩步走向烏掌。斑葉正蹲在受傷的烏掌旁邊，試圖用自己的牙齒和前爪將一團蜘蛛網敷在他的傷口上。

火掌低聲問灰掌：「斑葉在做什麼？」

「她在幫他止血，那個傷口看起來很深，烏掌八成嚇昏了，他一向很神經質，不過我從沒見他這麼悽慘過。我們過去看他醒了沒。」

於是他們穿過憂傷的貓群，走向烏掌倒臥的地方，在離他一段距離的地方坐下，等虎爪把話交代完。

「斑葉，」虎爪用很自負的口吻問這隻玳瑁貓，「他還好嗎？妳有把握救活他嗎？我花了很多時間訓練他，可不希望他第一次上場作戰，就把我以前的心血都浪費掉。」

斑葉回答時，目光一直沒離開過烏掌。「對啊，那豈不是太可惜了？要是他第一場戰役就死了，你以前花在他身上的時間不就白白浪費了嗎？」她的語調雖軟，但火掌明顯聽出她話裡的譏諷意味。

「他不會死吧？」虎爪質問。

「當然不會，他只是需要休息。」

虎爪輕蔑地哼了一聲，低頭看看那個動也不動的黑色身軀，用其中一隻前爪戳了戳烏掌。

「別躺著，快起來！」

烏掌還是不動。

「你看看那爪子好長哦！」火掌低聲說。

「沒錯，」灰掌深有同感地回答，「這我早就知道了，我才不敢和他對打呢！」

「沒那麼快，虎爪！」斑葉將自己的腳掌擱在虎爪的利爪上，輕輕推開它。「這位見習生必須保持靜止不動，直到傷口癒合，我們總不希望他為了取悅你而勉強自己跳來跳去，害得傷口裂開吧？」

火掌發現自己正屏息等待虎爪的反應。他想應該很少有貓敢跟這位戰士這樣說話。那隻大虎斑貓僵了一下，正打算開口，斑葉又揶揄他，「就算你懂得很多，也最好別和一位巫醫爭辯。」

虎爪聽了這句話，眼神閃爍了一下。「我哪敢和妳辯啊，親愛的斑葉。」他笑著說，然後轉身離開，就在這時他瞄見灰掌和火掌。「他是誰？」他擺出高高在上的姿態質問灰掌。

「他是新來的見習生。」灰掌說。

「他聞起來像隻寵物貓！」這位戰士不屑地說。

「我是家貓沒錯，」火掌大膽地回答，「但我現在正要接受訓練，成為戰士。」

虎爪突然好奇地打量起他來。「哦，我想起來了，藍星提過她遇到一隻迷路的寵物貓，原來她真的打算訓練你，是嗎？」

火掌坐得直直的，急著想表現出他對這位戰士的尊崇。「沒錯。」他一臉尊敬地說。

虎爪若有所思地看著他。「那我可要好好注意你的進度囉。」

火掌自豪地挺起胸膛，看著虎爪慢慢走遠。「你覺得他喜歡我嗎？」

「虎爪不會喜歡任何一個見習生的。」灰掌低語。

就在這時，烏掌動了一下，豎直耳朵。「他走了嗎？」他咕噥地問。

「誰？虎爪嗎？」灰掌答完快步跑向他。「走了，他走了！」

「嗨，你好，」火掌說，打算上前自我介紹。

「你們兩個走開！」斑葉抗議，「你們這樣一直打擾我，我要怎麼照顧病人？」她不耐煩地用尾巴彈彈灰掌和火掌，要他們離她的傷患遠一點。

火掌知道她是認真的，儘管那雙溫柔的琥珀色眼睛閃爍著光芒。

「我們走吧，火掌，」灰掌說，「我帶你四處看看，待會兒見囉，烏掌。」

於是這兩隻貓離開烏掌，穿過空地。

灰掌一路上都很周到，他顯然是個很盡職的嚮導。「你已經知道高聳岩了，」他開始介紹，先用尾巴指指那座高大平滑的岩石。「藍星常在那裡向族貓說話，她的洞穴就在底下。」他抬起鼻子，指向高聳岩旁邊的一個小洞。「她的洞穴是一條古老的河流經年累月穿鑿而成的。」族長洞的入口垂生許多地衣，可以遮風擋雨。

「戰士們就睡在這裡。」灰掌繼續說。

火掌跟著他進入一處巨大的灌木叢，離高聳岩只幾步之遙。從這裡可以清楚看見營地入口處的金雀花隧道。灌木叢枝椏低垂，但火掌仍可隱約看見戰士們的床鋪。

「資深戰士睡在最中間，也是最溫暖的地方，」灰掌解釋，「他們通常會在那叢蕁麻旁邊分享野味。比較年輕的戰士則在附近進食，有時候資深戰士會邀他們加入，那是一種殊榮。」

「那其他貓在哪裡進食呢？」火掌問，他對部族的傳統和儀式很有興趣，但也有點不知所措。

「貓后如果還在當戰士，就待在戰士住的地方，但如果已經懷孕，或需要哺育小貓，就會住在靠近育兒室的洞穴裡。長老們也有自己專屬的窩，在空地的另一側。走，我帶你去看。」

火掌跟著灰掌，穿過空地，經過位於陰涼處的斑葉窩，最後停在一棵倒塌的樹幹旁，剛好圍出一塊青翠的草地。柔軟的草地上蹲伏著四隻老貓，他們正在分食一隻肥美的兔子。

「塵掌和沙掌已經把食物送來了。」灰掌低聲說，「見習生的工作之一，就是幫長老們捕捉獵物。」

「嗨，小伙子。」其中一位長老和灰掌打招呼。

「嗨，小耳！」灰掌喵聲說道，並點頭致意。

「這一定是我們的新進見習生了，你叫火掌，對不對？」第二隻公貓說。他的身上有大塊的暗棕色斑點，但尾巴只剩下短短一截。

「沒錯，」火掌答道，也學灰掌一樣禮貌地點頭。

「我叫半尾。」棕色公貓說，「歡迎加入雷族。」

「你們兩位吃過了嗎？」小耳問。

火掌和灰掌搖搖頭。

「那剛好，這裡還有很多食物。塵掌和沙掌的狩獵能力愈來愈好了，你們介不介意讓這兩個小伙子分吃一隻老鼠呢？獨眼，可以嗎？」

躺在他旁邊的淺灰色貓后搖搖頭，火掌注意到她有一隻眼睛霧霧的，完全看不到。

「妳說呢？花尾？」

另一位長老是雜褐色的母貓，灰色鼻頭，聲音一聽就知道上了年紀，「當然不介意。」

「謝謝妳。」灰掌熱切地回答。他走上前去，從那堆獵物裡叼了一隻大老鼠，然後丟在火掌面前。「你沒吃過老鼠吧？」他問。

「沒。」火掌承認。生鮮獵物散發的溫熱氣味讓他突然亢奮起來。他一想到這是他生平第一次以部族貓的身分和他們分享真正的野味，不禁興奮地發抖。

「你先吃，留給我一點就行了。」灰掌低頭往後退，讓出空間給火掌。

火掌蹲了下去，大口咬下鼠肉。香嫩、多汁！齒頰間盡是森林的氣味。

「味道如何？」灰掌問。

「太棒了！」火掌咕噥著，滿嘴都是鼠肉。

「那你過去點。」灰掌說，上前一步，低下頭張口一咬。

兩位見習生一邊分食老鼠，一邊聽長老們聊天。

「還要多久，藍星才會指派新的副族長啊？」小耳問。

「你在說什麼，小耳？」獨眼回答。

「我看你的聽力快變得跟視力一樣糟了。」小耳不耐煩地叨念，「我是說，還要多久藍星才會指定新的副族長？」

獨眼不理會小耳的譏諷，反而和玳瑁貓后聊起天來。「花尾，妳還記不記得好幾個月前，藍星才被指派擔任副族長？」

花尾認真地說：「對啊，我記得，當時她才失去她的貓娃不久。」

「我想她不會樂意指派一名新的副族長，」小耳論斷道，「紅尾跟她很久了，一直是她的好搭檔，但她還是得盡快決定。根據族裡的傳統，副族長要是死了，得在月亮高掛之前選出下一任副族長。」

「至少這次大家都知道她會選誰。」半尾說。

火掌抬頭望向空地。半尾是什麼意思？對火掌而言，所有的戰士都有資格擔任副族長。也許半尾是指虎爪，畢竟他為紅尾報了仇。

虎爪坐在不遠處，他的耳朵也轉向長老這邊，顯然正在聽他們談話。

火掌伸出舌頭，將留在頰鬚上的最後一絲老鼠味兒給舔乾淨。這時藍星的聲音突然從高聳岩上響起。紅尾的屍體仍躺在下方的空地，在幽暗的光影下尤其顯得蒼白。「我們必須指派新的副族長，」她說，「但首先，我們要感謝星族，因為今夜紅尾將與其他戰士一起坐在群星之間。」

所有的貓都抬頭看向天空，四周一片寂靜，夜色正逐漸籠罩森林。

「現在我要提名雷族的新任副族長，」藍星繼續說，「我要在紅尾的屍體前宣布這個名字，好讓他的靈魂聽見，同意我的選擇。」

火掌望向虎爪，他注意到那位戰士的琥珀色眼睛有著迫不及待的欲望。

「獅心，」藍星說，「將成為雷族新任的副族長。」

火掌很想知道虎爪有什麼反應，但虎爪卻面無表情地走上前去向獅心道賀。他熱情地推擠著對方，差點讓獅心這隻金色虎斑貓失去平衡。

「她為什麼不選虎爪當副族長呢？」火掌低聲問灰掌。

「可能是因為獅心的戰士資格比較老，經驗也比較豐富吧。」灰掌小聲回答，目光仍放在藍星身上。

藍星再度開口。「紅尾是塵掌的老師，見習生的訓練不能停擺，所以我要為塵掌指定新的老師。暗紋，你已經有資格自己收見習生了，所以就由你接續負責訓練塵掌。你有個很棒的導師虎爪，所以我相信你可以把你學到的高超技術傳承下去。」

虎斑戰士暗紋驕傲地挺起身體，慎重地點頭致意，表示接受。他昂首闊步地走向塵掌，低下頭，不太自然地和他的新見習生互觸鼻頭。塵掌敬畏地輕彈尾巴，但因為仍沉浸在紅尾逝世的哀傷中，眼神顯得有些呆滯。

藍星提高音量說：「在明天日出埋葬紅尾之前，我會為他守夜。」她跳下高聳岩，再次走到紅尾的屍體旁坐下。許多貓也跟著加入，塵掌和小耳也不例外。

「我們不用和他們一起坐在那裡嗎？」火掌提議。老實說，他實在沒什麼興趣坐在那裡。

今天對他來說已經夠忙了，他累壞了，現在只想找個溫暖乾爽的地方蜷伏，好好睡上一覺。

灰掌搖搖頭。「不必，只有那些和紅尾很親近的貓，才需要為他守夜。我帶你去我們睡覺的地方，見習生的洞穴就在那裡。」

於是火掌跟著灰掌走向茂密的羊齒叢，就在一棵爬滿青苔的樹樁後方。

「所有的見習生都在這根樹樁旁邊分享野味。」灰掌告訴他。

「有多少見習生？」火掌問。

「不像以前那麼多，現在只有你、我、烏掌、塵掌和沙掌。」

灰掌和火掌在樹樁旁坐下不久，一隻年輕的母貓從羊齒叢底下爬出來。她有一身薑黃色的毛，像火掌那樣，但毛色比較淡，身上隱約可見暗色的條紋。

「原來這裡多了新的見習生啊！」她邊說邊瞇起眼睛。

「妳好！」火掌喵聲應答。

年輕的母貓沒禮貌地嗅了一下。「他聞起來像隻寵物貓！我一定得和這種討厭的味道睡在一起嗎？」

火掌很驚訝這隻母貓會這樣說。自從他和長尾交戰以來，所有的貓都對他很友善。他想，或許是烏掌的事讓她心情不好吧。

「你別怪沙掌，」灰掌代為致歉，「我想大概是她身上的哪根毛不對勁吧，她平常不是這樣的。」

「喂！」沙掌很不高興地喊道。

「忍著點，小伙子們。」見習生們身後傳來白風暴低沉的嗓音。「沙掌，你是我的見習生，所以我希望你對這位新來者表達一點歡迎之意。」

沙掌昂起頭，一副目空一切的模樣。「很抱歉，白風暴。」她喵嗚著，那語氣聽來毫無致歉之意。「我只是不想和一隻寵物貓一起接受訓練，沒別的意思。」

「我相信妳會慢慢習慣的，沙掌。」白風暴冷靜地回答，「現在已經很晚了，明天一大早就要展開訓練，你們三個趕快睡覺吧。」他嚴厲地看了沙掌一眼，沙掌服從地點點頭。白風暴走後，沙掌立刻轉身，消失在羊齒叢裡，但經過火掌身邊時，還故意哼了一聲。

灰掌彈彈尾巴，要火掌跟他一起進洞去。於是兩隻貓就跟在沙掌後面走進洞裡。只見裡頭的床鋪排滿柔軟的青苔，淡淡的月光將一切景物暈染成幽綠色。空氣中瀰漫著羊齒的香味，這裡比外面溫暖許多。

「我睡哪裡？」火掌問。

「睡哪裡都可以，只要離我遠一點就行了。」沙掌邊說邊用腳爪輕戳床鋪上頭的青苔。

灰掌和火掌互看一眼，沒有吭聲。火掌用腳爪耙鬆青苔，把自己的床鋪整理成一個舒適的窩，然後踩在上頭轉了一圈，才舒服地躺下來。他覺得很滿足，感到昏昏欲睡。現在，這裡是他的新家，他已經成為雷族的一員了。

第五章

「嘿，火掌，起床了！」灰掌的聲音驚醒了火掌的好夢。他夢到在追一隻松鼠，那隻松鼠愈爬愈高，爬進了一棵老橡樹的頂端。

「太陽一出來就要開始訓練，塵掌和沙掌早就起床了。」灰掌焦急地加上這句。

火掌睡眼惺忪地伸伸懶腰，這時才突然想起，今天是受訓的第一天。他趕緊跳起來，所有的睡意一掃而空，心裡很興奮。

灰掌忙著舔洗自己。他一邊舔，一邊說：「我剛剛才和獅心說，烏掌得等到傷好了，才能和我們一起接受訓練，他這一、兩天可能還得待在斑葉的窩裡。塵掌和沙掌已經去狩獵了。所以獅心認為你和我今天早上可以先接受他和虎爪的訓練。不過我們最好快一點，」他補充說，「他們一定已經在等我們了。」

灰掌急匆匆地領著火掌穿過營地入口的金

雀花隧道，爬上山谷邊緣的岩石。當他們攀上山頂，一陣涼風突然襲來，吹亂了他們的毛。蔚藍的晴空有鬆軟的白雲飛掠而過。火掌跟著灰掌一步步走下林蔭密布的斜坡，進入一處沙坑，他覺得體內有股莫名的喜悅滿溢開來。

虎爪和獅心真的已經等在那裡了，就坐在離日照下的沙坑幾條尾巴遠的地方。

「希望你們兩個以後準時點。」虎爪怒斥。

「別那麼嚴格，虎爪，昨天晚上發生太多事了，我想他們都累了。」獅心溫和地說，「火掌，你還沒有老師吧，」他繼續說道，「從今天起，虎爪和我會先負責訓練你一陣子。」

火掌興奮地點頭，尾巴抬得高高的，毫不掩飾自己的喜悅之情，因為他竟然能同時有兩個偉大的戰士擔任他的臨時導師。

「走吧！」虎爪不耐煩地說，「今天我們要告訴你，雷族的領土邊界在哪裡，這樣將來你才知道哪裡可以狩獵，哪裡是你必須負責保衛的防線。灰掌，再聽一次，對你來說應該沒什麼壞處吧。」

說完，虎爪立刻跳起來，衝出沙坑，獅心向灰掌點頭示意後也出發了，火掌則是吃力地跟在後面，爪子常常不小心就陷進柔軟的沙地裡。

這裡樹木茂密，白樺和白蠟樹被頂上的大橡樹給遮住了陽光，地上鬆脆的落葉在他們腳下窸窣作響。虎爪停下腳步，將自己的氣味留在一叢茂盛的羊齒植物上，其他貓也在一旁停住。

「這裡有兩腳獸走的小徑，」獅心低聲說，「火掌，用鼻子聞聞看，看你能聞出什麼？」

火掌聞了一下。有淡淡的兩腳獸氣味，以及很強烈的狗味，和他老家的那種氣味很像。「一隻兩腳獸剛在這裡遛狗，但他們已經走遠了。」他說。

「很好，」獅心說，「你認為從這裡穿過很安全嗎？」

火掌又聞了一次。這味道很淡，似乎已經被更新鮮的森林氣味給掩蓋了。「安全！」他答道。

虎爪點點頭，於是這四隻貓從羊齒叢裡走出來，穿過布滿硬石子的兩腳獸小徑。林子上方是成排又高又直的松樹。在這裡走路不會出聲音，因為地面上鋪滿厚厚的針葉，火掌只覺得腳下刺刺的，但走起來很有彈性。這裡沒有可以藏身的矮樹叢，所以當他們毫無遮掩地走在林子裡時，火掌可以嗅聞得到其他貓散發出來的緊張氣味。

「兩腳獸把這些樹種在這裡，」虎爪說，「牠們利用很臭的怪獸將樹砍下來，那些怪獸噴出的臭氣會讓小貓看不到。然後牠們會把倒下的樹木送到附近的伐木場。」

火掌停下腳步，傾聽食樹怪獸的怒吼聲，他以前曾聽過那種聲音。

「伐木場會沉寂好幾個月，直到綠葉季來臨時才會再有動靜。」灰掌注意到火掌停下腳步，所以解釋給他聽。

四隻貓繼續前進，穿過松樹林。

「兩腳獸的領土就在那個方向，」虎爪說，尾巴往旁邊彈了一下。「我相信你聞得出來，火掌。不過今天，我們要改走另一條路。」

他們終於抵達另一條兩腳獸走的小路，這裡也是松林的邊緣地帶。他們快速穿過松林，直接進入橡樹林下方的灌木叢裡，但火掌還是聞得到其他貓身上散發的焦慮氣味。

「我們正接近河族的領土，」灰掌低聲說道，「陽光岩就在那裡。」他用鼻頭指向一處草木不生的岩石堆。

火掌只覺得全身寒毛倒豎，因為這裡就是紅尾喪命的地方。

獅心在一塊平坦的灰色岩石旁邊停了下來。「這裡是雷族和河族地盤的分界線。大河旁邊的狩獵區歸河族所有，」他說，「火掌，你深吸一口氣看看。」

一股陌生、刺鼻的貓味直灌進他的上顎，他很訝異這股氣味跟雷族營地溫和的貓味完全不一樣。他似乎已經習慣雷族的味道了，這點讓他很驚訝。

「那是河族的體味，」虎爪在身邊嘶叫，「千萬要牢牢記住，這種氣味在邊界處最強烈，因為他們的戰士會在這附近的樹上留下氣味作記號。」這隻深色的虎斑貓邊說邊抬起尾巴，在平坦的岩石上灑下作記號的氣味。

「我們會沿著這條邊界走，它會帶我們直接到四喬木那裡。」獅心說。

他們隨即出發，離開了陽光岩，後面跟著虎爪、灰掌，火掌走在最後。

「四喬木是什麼？」火掌喘吁吁地問。

「它是四大貓族領土的交界處，」灰掌答道，「那裡有四棵大橡樹，年代和貓族一樣古老……」

「安靜！」虎爪下命令，「不要忘了，我們現在離敵人的領土很近。」

兩名見習生趕緊閉嘴，火掌把注意力全放在腳程上。他們穿過了淺淺的河流，跳過河床上一塊又一塊的大圓石，四隻腳連半滴水都沒沾到。

當他們來到四喬木時，火掌幾乎喘不過氣來，腳也開始酸痛。他不習慣走這麼遠的路，也從來沒走得這麼快過。當獅心和虎爪帶著他們走出茂密的林子，在滿布灌木叢的斜坡頂端停下時，他覺得鬆了口氣。

現在是中午，晴空萬里，風停了。在他們下方，眩目燦爛的陽光底下，聳立著四棵巍峨的大橡樹，那茂密濃綠的樹冠幾乎快長到坡頂。

「這就是灰掌告訴你的……」獅心對火掌說，「……四喬木，是四大貓族領土的交界處。風族的領土就在前面的高地，也就是太陽西下的地方。你今天聞不到他們的氣味，因為風往他們的方向吹，但你很快就會知道他們的氣味了。」

「那邊是影族的勢力範圍，也是森林最陰暗的角落。」灰掌補充道，並用頭朝另一個方向指去。「長老們總是說，北方的寒風吹向影族，讓他們的心變得陰寒。」

「哇，野貓有這麼多族！」火掌大聲地說。**而且還這麼有組織**，他在心中喃喃自語。他還記得史莫奇說過野貓在林子裡撒野的可怕故事。

「現在你知道為什麼獵物這麼珍貴了吧，」獅心說，「為什麼我們必須保衛自己稀少的資源。」

「可是這種做法好像有點愚蠢！為什麼四大貓族不能攜手合作，一起使用狩獵場，反而要互相爭戰呢？」火掌大膽建議。

他的這番話讓大家震驚得說不出話來。

虎爪率先回答：「這是反叛的想法啊，寵物貓。」他啐了口口水說道。

「別這麼衝動，虎爪，」獅心提醒他，「這位見習生還搞不清楚四族之間的恩怨。」他看著火掌。「小伙子，你只是誠實地說出自己的想法，我相信這種真誠的態度有助於你成為強壯的戰士。」

虎爪咆哮說道：「不過也可能讓他在面對敵人攻擊時，立刻顯露出寵物貓的弱點。」

獅心開口前，先瞄了虎爪一眼。「四大貓族在每個月舉辦的大集會上和平共處，而且就聚集在這裡。」他用頭示意下方的那四棵老喬木，「那裡就是大家會面的地方，只要月圓時分，休戰協定就會生效。」

「這麼說馬上就要開會了？」火掌問，因為他記得前一天晚上的月光很明亮。

「沒錯！」獅心答道，那聲音聽起來感慨萬千。「事實上，就在今晚。大集會非常重要，因為四大貓族只有一個晚上和平相處的時間。但你必須明白，結盟愈久，問題只會愈多，代價更是不小。」

「部族要強大，要靠族貓的忠誠。」虎爪認同地說，「忠誠度一旦被削弱，生存的機會也會降低。」

火掌點點頭。「我了解。」他說。

「走吧，」獅心站起身，「我們繼續往前走。」

他們沿著山脊行走，四喬木就矗立在下方的山谷。午後的太陽正要西沉，他們往背陽的方向走去，經過一條狹窄的河流，縱身一躍就過去了。

火掌嗅聞空氣，立刻聞到新的貓味，那是種很濃的酸腐味。「這是什麼族啊？」他問。

「影族，」虎爪嚴肅地說，「我們正沿著他們的邊界走，你要提高警覺，火掌，因為氣味這麼重就表示這附近有影族的巡邏隊。」

火掌才點完頭，就聽見奇怪的吵雜聲。他的身體僵了一下，但其他貓還是繼續前進，往那恐怖的聲音直直走去。

「那是什麼？」火掌喊道，快步跟上他們。

「等一下你就知道了。」獅心回答。

火掌盯著前方的樹林看。這裡的樹幹一棵比一棵細，大片陽光灑下來。「我們來到森林邊緣了嗎？」他問完，停下腳步，深吸了一口氣。森林的氣味早被一種怪異的味道給取代了。這次不是貓味，而是一種會讓他想起兩腳獸老家的味道。那個轟隆聲愈來愈大，而且一直不停，連地面都跟著震動，火掌的耳朵被震得快受不了。

「那是轟雷路。」虎爪說。

火掌跟著獅心往森林邊緣走去。然後他坐了下來，四隻貓同時望著前方。

火掌看見一條灰色的道路像河流般穿過森林。堅硬的路面在他面前不斷延展，遠到另一頭的樹木看來又模糊又矮小。火掌聞到路面刺鼻的臭味，不禁打了個顫。

他突然往後一跳，毛髮橫豎，原來有一頭巨大的怪獸突然咆哮而過。兩旁的樹枝在怪獸的呼嘯下，狂亂地霹啪作響。火掌看看其他貓，眼睛瞪得斗大，說不出話來。他曾在兩腳獸老家那裡見過這種路，但從來沒見過這麼寬的，也沒見過速度這麼快、這麼猛的怪獸。

「我第一次看到牠時也被嚇到，」灰掌說，「但至少這條道路能防止影族戰士侵入我們的領土。這條轟雷路沿著我們的邊界而建。不過別擔心，那些怪獸似乎離不開轟雷路。只要你不靠得太近，就不會有事。」

「我們該回營地了，」獅心說，「火掌，你已經看過我們整個邊界了，但我們不去蛇岩那裡，我們沿原路回去，雖然路比較遠，但因為你沒經驗，很容易成為蛇岩那邊的蝰蛇的獵物，而且你也累了。」

火掌一想到可以回營地，不覺鬆了口氣。他一下子聞到這麼多新奇的味道，看了這麼多新奇的東西，早就頭昏腦脹了。獅心說得對，他累了，而且很餓。於是火掌跟在灰掌後面，離開轟雷路，往森林裡走去。

火掌穿過金雀花隧道，進到雷族的營地，露水的味道瀰漫在夜晚的空氣裡，生鮮獵物正等著他們享用。火掌和灰掌從空地陰涼處的獵物堆裡拿了他們的食物，信步走到見習生窩外頭的那根樹樁旁。

塵掌和沙掌已經坐在那裡，正津津有味地吃東西。

「嗨，寵物貓！」塵掌邊說邊瞇起眼睛，一副很看不起火掌的樣子。「請盡情享用我們為你捕捉的獵物吧！」

「不過誰知道！也許有一天你會學會自己捕捉獵物。」沙掌冷笑著說。

「你們兩個還在狩獵？」灰掌一臉天真地問，「算了，沒事啦！我們剛剛去巡邏過邊界了，你們放心好了，一切沒問題！」

「我想其他族一聞到你們兩個來，鐵定嚇跑。」塵掌嘶聲說。

「哼，他們根本不敢露臉呢！」灰掌反駁，難掩心中的怒氣。

「好！今晚我們參加大集會時，如果見到他們，再問問他們好了。」沙掌說。

「妳要去嗎？」火掌聽到她這麼說，忍不住脫口而出，儘管對方仍有敵意。

「當然要去，」塵掌高傲地回答，「你知道嗎？這可是很大的殊榮喔，不過別擔心，明天早上我們就會告訴你集會的情形。」

灰掌故意忽略塵掌的反應，自顧自地吃起他的食物。火掌也餓了，蹲下來開始進食。他有點嫉妒塵掌和沙掌今夜能和其他族碰面。

這時藍星發出嘶吼，這聲音促使火掌抬頭張望。他看見好幾個戰士和長老聚集在空地上，他們要出發參加大集會了。塵掌和沙掌也都跳起來，快步跑上前去，加入他們。

「再見，兩位！」沙掌回頭對他們喊，「祝你們今晚有個好夢！」

幾隻貓昂首闊步，排成一列，走出營地，藍星在前方領軍，她的皮毛在月光下閃閃發亮。她平靜地領著她的族貓，準備與古老的敵人展開暫時的休戰協定。

「你去過大集會嗎？」火掌好奇地問灰掌。

「還沒去過，」灰掌大口嚼著老鼠骨頭，發出很大的聲響。「不過再過不久，就輪到我了，你等著看好了。所有見習生都會輪到的。」

這兩個見習生默默吃著剩下的食物，吃完所有的食物後，灰掌緩緩走向火掌，開始幫他梳毛。他們互相梳理，分享舌頭，就像火掌剛到這裡時看見其他貓做的那樣。經過一天的長途跋涉，他們都累壞了，慢慢地往見習生窩走去，在床鋪上躺臥沒多久，就進入夢鄉。

第二天一早，灰掌和火掌便來到沙坑。他們早在沙掌和塵掌醒來之前，就小心翼翼地爬出洞穴。火掌急著想聽大集會的事，但灰掌連拖帶拉地要他快走。「你待會兒就會聽到的，我太了解他們兩個了。」他說。

今天又是暖和的一天，而且這次烏掌也加入他們。託斑葉的福，烏掌的傷口癒合得很好。灰掌玩得起勁，把葉子拋到空中，追著它們跳。火掌在一旁看著他玩，尾巴也快樂地擺來盪去。烏掌則是靜靜地待在沙坑旁邊，看起來有些緊張，心情不好。

「開心點，烏掌！」灰掌喊道，「我知道你不喜歡受訓，可是你以前也不會這樣悶悶不樂啊！」

獅心和虎爪的氣味讓這些見習生警覺到他們已經來了。烏掌急忙說道：「我只是擔心肩膀的傷口會痛。」

就在這時，虎爪從灌木叢裡走了出來，獅心緊跟在後。

「做戰士的，再痛也要咬牙忍住。」虎爪邊吼邊瞪著烏掌的眼睛，「我看你得先學會閉上嘴巴才行。」

烏掌縮了一下身體，看著地面。

「虎爪今天脾氣不太好。」灰掌在火掌耳邊低聲說。

獅心瞪了他的見習生一眼，然後大聲說道：「今天我們要練習追蹤技巧。你們必須知道，偷偷接近一隻兔子和偷偷接近一隻老鼠，在技巧上是很不同的，誰能告訴我有什麼不一樣？」

火掌不知道，至於烏掌似乎把虎爪的話給牢牢記住了，真的閉上嘴巴不敢開口。

「快說啊！」虎爪不耐煩地咕噥。

灰掌回答了這個問題。「兔子在看到你之前，會先聞到你的氣味，至於老鼠則是在聞到你的氣味之前，就先覺察到你腳踏地面的聲音。」

「說得沒錯，灰掌，所以當你們在獵捕老鼠時，要注意什麼？」

「腳步要輕？」火掌提議。

獅心頗為讚許地看著他。「沒錯！火掌，你必須把所有的重心都移到臀部，這樣你的腳掌才不會在林地上發出太大的聲響，現在讓我們練習看看！」

火掌看見灰掌和烏掌馬上擺出潛行的蹲伏姿態。

「做得很好，灰掌！」獅心說完，兩名見習生開始小心地匍匐前進。

「臀部要壓低，烏掌，你看起來就像一隻鴨子！」虎爪罵道，「現在該你了，火掌！」

火掌低下身體，開始練習在林地裡匍匐前進的技巧。他覺得自己很快就抓到要領了，一步步地往前推進。一路上他盡量放輕腳步，不出聲，他覺得自己的肌肉協調得很好，不知不覺自豪起來。

「看得出來，你只知道放鬆自己！」虎爪吼著，「你潛行的模樣活像一隻笨重的寵物貓！難道你以為晚餐馬上就會倒進你的食碗裡，等你去吃嗎？」

虎爪的怒斥聲嚇得火掌馬上坐直身體。他虛心傾聽這位戰士的批評，並且下定決心要把這個動作學會。

「我們等一下再來檢討他的腳步和前進的動作，不過他的蹲伏方式倒是很有平衡感。」獅心試著緩和緊張的氣氛。

「至少比烏掌好，我是這麼認為啦。」虎爪抱怨著。他輕蔑地看了那隻黑貓一眼。「我訓練你兩個月了，結果你還是把身體的重心都放在左腳上。」

烏掌看起來更沮喪了，火掌忍不住跳出來幫他：「那是因為他受傷了，所以沒辦法做得那麼標準。」

虎爪倏地轉頭，瞪著火掌。「受傷是家常便飯，他得試著適應。就連你今天早上也學到一些東西，如果烏掌學東西能像你這樣快的話，我就不會覺得有烏掌這個見習生是恥辱而不是驕傲了。」「難道你要一隻寵物貓在你面前耀武揚威嗎？」他生氣地斥責自己的見習生。

火掌只覺得寒毛倒豎，很是不安，他不敢去看烏掌的眼睛，只好低頭看自己的腳掌。

「我想我走路的樣子一定比缺了三隻腳的貛還要跛吧？」灰掌說，還故意把匍匐潛行的動作改成搖搖晃晃的滑稽姿勢，在空地上耍起寶來了。「我看我只能抓到笨老鼠，牠們逃不出我的手掌心，我只要晃到牠們那裡，然後一屁股坐上去，牠們就小命嗚呼了。」

「專心點，灰掌，沒時間和你開玩笑！」獅心嚴厲地說，「如果讓你們去野地裡實際練習潛行的技巧，你們或許會更專心一點。」

三個見習生聽了全都眼睛一亮。

「我要你們分別去抓一隻獵物回來，」獅心說，「烏掌，你去貓頭鷹樹那裡。灰掌，那邊的刺木叢裡，應該有獵物。至於你，火掌，你就越過這塊高地，去尋找兔子的蹤跡，到時候你會看見一個乾涸的河床，或許可以在裡頭找到什麼。」

於是這三名見習生分頭散開，原本無精打采的烏掌也因為這個任務突然有了活力。

火掌很興奮，他慢慢爬過高地，沒錯，林子裡的確有一條乾涸的河。火掌想，落葉季的時候，這個河道應該會把雨水從森林裡頭引流到河族旁邊的那條大河吧，但現在它是乾的。

火掌悄悄爬下河床，蹲伏在沙地上。他的每個感覺神經都緊繃著；他靜靜地掃視乾涸的河床，想找到各種可能的生命跡象。他仔細聆聽各種細微的動靜，張開嘴巴，吸入空氣裡的各種氣味，耳朵向前豎直。

他立刻聞出了老鼠的氣味，他還記得昨晚的滋味。一種野性的召喚流貫他的身體，但他按兵不動，想找出獵物的位置。

他伸直耳朵，終於聽見小老鼠快速的心跳聲；這時一閃而過的棕色身影抓住了他的目光。那隻小動物正倉促地爬過河邊長草蔓生的坡地，火掌一步步接近牠，同時把重心移到臀部，抓準距離後提起後腿，往前一躍，地上的沙土順勢揚起。

老鼠發現苗頭不對，拔腿就跑，但火掌動作更快。他揮掌將牠拋到空中，甩到河床沙地上，然後撲上前去，一口咬死了牠。

火掌用牙齒小心含住溫熱的老鼠屍體，高舉尾巴，回到虎爪和獅心所在的沙坑。這是他的第一次獵殺行動，他已經真正成為雷族的見習生了。

第六章

清晨的陽光輕輕流洩在林地上，火掌邊走邊尋找獵物。他已經受訓兩個月了，現在他對這個環境已愈來愈熟悉，也愈來愈自在了。他的感官完全解放，並不斷吸收和學習森林求生之道。

火掌停下來嗅聞地面，以及地面下一些深不可測的東西。他聞到兩腳獸最近曾來過這座林子。綠葉季已經來臨，枝椏上長滿茂密的綠葉，小動物們都在層層的腐葉土壤下忙碌著。

火掌精瘦強壯的身影，靜靜穿過林子，他的感官全都集中在追蹤氣味上，以便隨時展開獵殺行動。今天是他第一次單獨出任務，他決定要好好表現，即便這任務只是幫部族捕捉一些生鮮獵物。

他往河的方向走去，他第一次長途巡視雷族的狩獵場時，曾經穿過這條河。汩汩的河水不斷往下流竄，衝擊著河底的小圓石，濺起朵朵水花。火掌停了一會兒，舔舔冰涼的河水，然後抬起頭，再度嗅聞空氣，尋找獵物的蹤跡。

這裡的空氣有狐狸的臭味，但這味道已經不新鮮，所以狐狸應該是在很早以前來這裡喝水的。火掌記得這個氣味，他第一次探訪森林時，就曾聞過。後來獅心才告訴他，那是狐狸的氣味，但除了那次曾短暫瞥見狐狸的尾巴外，其實他還沒真的見過狐狸。

他試著不去管狐狸的臭味，將注意力放在獵物的氣味上。突然他豎直頰鬚，因為他感應到獵物的溫熱脈搏——有隻水鼠正忙著造窩。

沒一會兒，他便見到那隻水鼠。那肥胖的褐色身軀正沿著河岸來來回回地搬運草梗。火掌看得直流口水，他的上一頓是好幾個小時前吃的，但他不能只為自己狩獵，除非族貓們都吃飽了。他還記得獅心和虎爪不斷叮囑：「一定要先餵飽族貓。」

火掌馬上蹲下來，朝那隻小動物潛行。他腹部的橘色毛髮刷過潮溼的草叢，愈靠愈近；他的目光沒離開過獵物。就快到了……再一會兒，就可以跳上去了。

突然火掌身後的蕨葉叢發出巨大的聲響，水鼠的耳朵瞬間豎直，立即鑽進河床上的洞穴裡。

火掌氣得毛髮聳立。不管是誰毀了他捕捉獵物的大好機會，都得付出代價。

他嗅了嗅空氣，發現對方是一隻貓，但卻分辨不出是哪個族的貓，因為狐狸的臭味到現在仍擾亂他的嗅覺。

他的喉嚨發出低吼聲，開始大步後退，豎直耳朵，瞪大眼睛，搜尋可能的動靜。他聽見矮樹叢裡又有聲音，這次更大聲了，而且還跑到了另一邊去。火掌往前靠近，他看見蕨葉在動，但葉叢茂密，遮住敵人的身影。突然有根枝椏應聲折斷，發出尖銳的聲響。**從這聲音的大小判斷，對方的體型一定很龐大**，火掌這樣想著。他蓄勢待發，隨時準備展開攻擊。

他先跳上白蠟樹的樹幹，悄悄攀上低垂的枝椏。在他下方，有一個無形的戰士正在靠近，而且愈走愈近。火掌屏住呼吸，看準時間，這時蕨葉叢突然一分為二，一個大型的灰色身影走了出來。

「納命來！」火掌大吼一聲，使出利爪，往那敵人身上一撲，用力壓在對方毛茸茸的肩膀上。他用利爪死命地掐住對方，準備張口大咬，提出警告。

「哇，誰啊？」火掌下方的那個傢伙撐直身體，猛力一跳，火掌也跟著在空中彈跳。

「啊？你是灰掌？」火掌聽出那個聲音，立即認出他朋友身上的熟悉味道，但他因為太激動而忘了放手。

「竟敢埋伏攻擊我？可惡！」灰掌吐口水罵道，完全不知道在他背上的是火掌，他不斷翻滾，試圖甩掉攻擊者。

「哇—哇—」火掌跟著他一起在地上打滾，最後被他沉重的身軀壓在底下。「是我啦，灰掌！」他邊喊邊收起爪子，擺脫灰掌，滾了幾圈，最後跳起來，甩動全身，毛髮像波浪一樣起伏。「灰掌！是我！」他又說了一遍，「我還以為你是敵營的戰士呢！」

灰掌也站起身來。他往後退，甩甩身體。「我像嗎？」他抱怨完轉頭去舔酸痛的肩膀。「你想把我撕成碎片啊！」

「對不起！」火掌咕噥著，「可是你要我怎麼辦？你偷偷摸摸的，我怎麼可能不起疑呢？」

「偷偷摸摸？」灰掌瞪大眼睛，一副受到侮辱的模樣。「那是我最棒的潛行技巧呢！」

「潛行！你走得根本就像一隻缺了三隻腳的獾！」火掌揶揄道，他淘氣地平貼耳朵，開起玩笑。

灰掌也發出頑皮的嘶吼聲：「我讓你瞧瞧什麼叫作缺了三隻腳！」

兩隻貓撲在一起，開始在地上翻滾，玩了起來。灰掌用有力的前爪掃了火掌一巴掌，頓時讓他眼冒金星。

「哇——嗚！」火掌甩甩頭，揮掉那滿眼金星，立時又衝了上去。

他這次終於趕在灰掌將他壓倒之前，先賞了他幾巴掌，然後在他身體底下故意癱死，動也不動。

「你也太快認輸了吧！」灰掌說完，鬆開自己的前爪。但他才剛這麼做，火掌立刻跳起來，將灰掌撞進矮樹叢裡。

火掌立刻跳上去，把他壓在地上。「出奇不意是戰士最厲害的武器，」他得意洋洋地說著，故意套用獅心最愛說的那句話，然後才放開灰掌，躺在枯葉堆裡打滾，享受輕鬆得來的勝利和這片鬆軟的土地。

灰掌似乎並不介意再次輸給他，天氣太好了，好到不適合發脾氣。「你的狩獵成果怎麼樣？」他問。

火掌坐了起來。「本來很順利的，都因為你發出那個怪聲音，嚇跑了我要抓的那隻水鼠。」

「哦，對不起！」灰掌說。

火掌看得出他的夥伴有些懊惱。「沒關係啦，不知者無罪。」他說。「對了，」然後他又繼續說，「你不是應該去風族邊界那邊找巡邏隊嗎？我還以為你要幫藍星帶話給他們呢。」

「是啊！不過反正還有時間，我打算先狩獵，我餓死了！」

「我也是，可是我得先替部族狩獵，才能自己找點野味吃。」

「我敢打賭，塵掌和沙掌一定趁出任務時，先吞下一、兩隻老鼠充飢。」灰掌不屑地說。

「我想他們應該會吧，不過這是我第一次單獨出任務……」

「所以你想照規矩來，我懂你的意思啦！」灰掌嘆口氣說。

「藍星託你帶的口信是什麼？」火掌問道，轉移了話題。

「她要巡邏隊在大梧桐樹那裡等她，她會在正午時加入他們。好像是有影族的貓在那裡偷偷徘徊，所以藍星想過去看看。」

「那你最好快點去。」火掌提醒他。

「風族的狩獵場離這裡不太遠，還有很多時間啦，」灰掌自信地回答，「而且我想，你剛剛沒捕到那隻大水鼠，所以我應該先幫幫你。」

「沒關係啦，」火掌說，「我會再找到另一隻的，天氣這麼暖和，一定還有很多老鼠在外頭遊蕩。」

「沒錯，不過你也得逮到牠們才行啊。」灰掌咬著自己的前爪，若有所思地修著趾甲。「你知道嗎？你可能得過了正午才抓得到牠們，搞不好還會拖到傍晚呢。」

火掌嚴肅地點點頭，他的肚子早已經咕嚕咕嚕叫了。他或許真的得再狩獵三、四次，才能收集到足夠的獵物。等他有機會飽餐一頓時，銀毛星群恐怕也已經出來了。

灰掌動動他的頰鬚。「來吧，我幫你打頭陣，反正是我欠你的。我們應該可以在離開這裡之前，抓到兩隻田鼠吧！」

於是火掌跟著灰掌走到上游，他很開心有灰掌的陪伴與協助。空氣中仍瀰漫著狐狸的臭味，而且這臭味愈來愈濃。

火掌停了下來。「你有沒有聞到一股臭味？」他問。

灰掌也停下腳步，開始嗅聞空氣。「有，是狐狸的臭味，我先前就聞到了。」

「不過你不覺得這臭味現在更濃了嗎？」火掌問。

灰掌又聞了一次，還微微張嘴。「你說得對。」他壓低音量說，然後轉頭看向河岸對面林子邊緣的灌木叢。「你看！」他小聲地說。

火掌往那頭看去，只見灌木叢裡有一團毛茸茸的紅色身影，不久那隻動物走到了矮樹叢邊的空地上。火掌終於看見陽光下閃閃發亮的紅色動物。牠的尾巴毛茸茸的，鼻子很尖。

「那就是狐狸？」火掌低聲問，「鼻子可真醜！」

「沒錯！」灰掌頗有同感。

「我們第一次碰面時，我正在跟蹤一隻狐狸。」火掌低聲說。

「是狐狸在跟蹤你吧，你這個笨蛋！」灰掌說，「永遠別信任狐狸。牠看起來像狗，行為卻像貓。我們得去警告貓后們，領土裡有一隻狐狸。狐狸像獾一樣可怕，牠對小貓向來手下不留情。幸好上回你沒追上你說的那隻狐狸，像你這種小貓，牠絕對會把你當成老鼠吃掉的。」火掌的表情有些不悅，灰掌趕緊補上一句，「不過你現在不一樣了。反正藍星應該會派巡邏隊來把牠趕走，免得貓后們每天提心吊膽。」

那隻狐狸沒發現他們，於是這兩個見習生又繼續沿著河岸走。

「獾到底長什麼樣子啊？」火掌問。他們邊走邊聞，搜索獵物。

「黑白相間，腿很短，等你遇到的時候，就知道了。牠們是脾氣很壞，行動很笨拙的動物，不像狐狸那麼喜歡攻擊育兒室，不過牠們的咬勁很強。你知道半尾為什麼會叫半尾嗎？因為他的尾巴被獾給咬了，從此再也不能爬樹了！」

「為什麼不能爬樹？」

「怕掉下來啊！貓要有尾巴才能在落地時四腳著地，尾巴也可以幫助我們在空中翻滾。」

火掌理解地點點頭。

正如火掌所料，那天狩獵成果豐碩。沒多久，灰掌便抓到一隻小老鼠，火掌也逮到一隻小鳥，他迅速取了牠的性命。今天根本沒時間練習獵殺技巧，因為營地裡有太多張嘴等著吃東西。

火掌用土把獵物先掩埋好，這樣在他回來前，便不會有掠食者來偷吃了。

突然一隻松鼠從隱蔽處衝了出來。

火掌立刻追上去。

「快追！」他大喊，躍過潮溼的林地，全速往前衝，灰掌緊跟在後。

松鼠迅速攀上樺樹，他們只好及時煞車。

「追丟了！」灰掌失望地說。

兩隻貓追得喘吁吁。這時一股辛辣的臭味突然灌進他們的鼻腔，讓他們嚇了一跳。

「轟雷路，」火掌說，「我們跑了這麼遠？」

兩隻貓往前探看，只見林子外面有一條寬大的黑色道路。這是他們第一次單獨來到這裡。隆隆作響的怪獸一頭接一頭地在堅硬的路面上急奔，眼睛毫無生氣地瞪著前方。

「噢！」灰掌哼著鼻子說，「這些怪獸好臭哦！」

火掌抽抽耳朵表示認同。嗆鼻的氣味讓他的喉嚨很不舒服。「你以前有沒有穿越過轟雷路？」他問。

灰掌搖搖頭。

火掌往前跨出一步，走出林子。在林子與轟雷路中間，有一片綠油油的草地。他慢慢走上前，這時一頭惡臭的怪獸突然呼嘯而過，嚇得他又縮了回去。

「嘿，你要去哪裡？」灰掌問。

火掌沒有回答。他等在那裡，一直等到眼前沒再出現任何怪獸。然後他穿過草地，衝到路邊，小心翼翼地伸出一隻腳掌去碰它，感覺熱熱的，被太陽曬得有點黏黏的。他抬頭張望，看向轟雷路的另一頭。那邊的林子裡有一對眼睛正朝著這裡張望嗎？他嗅聞空氣，但什麼也沒聞到，只聞到灰色路面的嗆鼻臭味。那雙眼睛仍在陰暗處閃爍，慢慢地眨呀眨的。

火掌現在很確定了，那是影族的戰士，對方正瞪著他看。

「火掌！」灰掌的聲音讓火掌嚇了一跳。這時剛好有一頭比樹還要高的大怪獸，從他面前呼嘯而過，捲起的風勢差點讓他跌倒。火掌轉過身，拔腿跑進安全的林子。

「你這個鼠腦袋！」灰掌罵道，頰鬚因為憤怒和恐懼而微微顫抖。「你在做什麼啊？」

「我只是好奇轟雷路長什麼樣子？」火掌咕噥著，他的頰鬚也在顫抖。

「走吧！」灰掌不耐煩地說，「我們離開這裡吧！」

於是火掌跟著灰掌一路跑回森林，等到離開轟雷路有段安全距離後，灰掌才停下來喘氣。

火掌坐下來，開始舔身上凌亂的毛。「我好像看到一名影族的戰士。」他邊舔邊說，「就在轟雷路對面的林子裡。」

「影族的戰士？」灰掌重複道，眼睛睜得大大的。「真的？」

「我確定。」

「不過還好那時候有怪獸經過。」灰掌反駁，「只要有一個影族戰士，就表示後面跟了很多個，我們現在還不是他們的對手，最好趕快離開這裡。」他抬頭看看太陽，快到中午了。「我最好快點走，才能趕上那支巡邏隊，」他說，「待會見囉！」說完便跳進矮樹叢裡，嘴裡還喊著：「也許傳完話後，獅心就會放我回來幫忙你狩獵！」

火掌看著他遠去，心中充滿羨慕，期盼自己也能加入戰士巡邏隊。不過至少他今天回到營地時，可有新鮮事告訴塵掌和沙掌了。因為他今天生平第一次見到影族戰士。

第七章

火掌沿著來時的路，往回走向河邊。影族領土裡那雙在黑暗中灼灼發亮的眼睛，不斷浮現在他的腦海裡。

突然他聞到一股淡淡的氣味。

陌生人！也許是那位影族戰士……

火掌發出低沉的嘶吼聲，那氣味對他來說有很多意義。這個陌生人是隻母貓，不年輕了，而且絕對不是雷族的。她身上沒有別族的氣味，但火掌感覺得出來她很累、很餓，而且病了。她的心情應該很糟。

火掌壓低身體，緩緩循著氣味前進，然後狐疑地停下腳步。現在那名戰士的氣味變淡了，他又聞了一次。

說時遲那時快，一團怒吼的毛茸茸身影從他身後的灌木叢裡衝了出來。

火掌嚇得尖聲嘶叫，母貓猛撲上來，將他撞倒，兩隻有力的腳爪緊緊掐住他的肩膀，用結實的下顎咬住他的脖子。「喵嗚——」他咕噥作響，腦袋飛快地盤算。要是她咬得再深一點，他的小命恐怕不保。

他只好故意癱軟身體，放鬆肌肉，表現投降的樣子，並刻意發出驚恐的嚎叫聲。

母貓鬆開嘴，勝利地嘶吼。「哈！小小見習生，對我黃牙來說，實在是再好抓不過的獵物了。」她說。

火掌聽見她滿口大話，火氣立刻上升。**等著瞧好了**。他會讓這隻病貓知道，他是什麼樣的戰士。**不過還不到時候**，他告訴自己，**等她牙齒碰上來再說**。

黃牙正要張口咬下，火掌突然一鼓作氣，猛力彈起，嚇得這隻母貓尖叫一聲，身體瞬間被拋開，往後跌進金雀花叢裡。

火掌甩甩身體。「我這隻獵物不好抓吧？哼！」

黃牙好不容易才從樹叢裡脫身，但嘴裡仍嘶嘶作響，不肯服輸。「不賴嘛！小伙子，」她罵回去，「不過你必須表現得更好一點才行。」

火掌瞇起眼睛，總算看清楚對手的長相。這隻母貓有著寬大的平板臉和圓圓的橘色眼睛，暗灰色的毛又長又亂，幾乎糾結成團。她的耳朵受過傷，變成鋸齒狀，鼻頭上有過去逞凶鬥狠時留下的大小傷疤。

火掌站穩腳步，挺起胸膛，惡狠狠地瞪著這名外來者。「妳誤闖雷族的狩獵場，請立刻離開！」

「誰敢管我？」黃牙挑釁地收起下顎，露出髒污斷裂的牙齒。「我要先在這裡抓點東西吃，等一下才離開，或許我會再待久一點……」

「不行！」火掌吼回去，只覺得體內某種古老的貓族靈魂正在甦醒，現在他身上再也見不到家貓的影子了。戰士的血液正在奔騰，戰鬥的欲望蠢蠢欲動，他要保衛雷族的領土，保護他的部族。

黃牙似乎察覺到他體內的變化，原本凶惡的目光閃過一絲敬意。她低下頭不再瞪他，開始後退。「沒必要那麼衝吧！」她的語調明顯軟了下來。

但火掌沒被她的伎倆給耍了，他使出利爪，毛髮倒豎，朝母貓一躍而上，嘴裡還發出開戰的嚎叫聲：「殺——」

對方也回以憤怒的嘶吼聲。只見嫩貓和老貓嘶聲尖叫地纏鬥在一塊兒，翻來滾去，尖牙利爪盡出。火掌平貼耳朵，想用爪子掐住黃牙，但這隻母貓的毛多到讓他的爪子幾乎扎不進她的肉裡。

這時黃牙撐起後腿站了起來，髒污的尾巴豎得筆直，體型看起來更龐大。

火掌感覺到黃牙可怕的下顎正朝自己撲來，趕緊屈身退後。啪地一聲，黃牙的牙齒撲了個空，差一點點就咬到火掌的耳朵。

火掌直覺地回擊過去，爪子猛然打到黃牙側邊的頭顱，力道之大連火掌自己都站不穩。

「呃——啊！」黃牙眼冒金星，跌坐在地上，甩甩頭，想讓自己恢復正常。

就在這時，火掌抓準機會，往前一撲，壓了上去，下顎緊咬住黃牙的後腿。「嘔——」那糾結成團的毛令他作嘔，但他還是用力咬了下去。

「啊——嗚——」黃牙痛苦地大叫，惱羞成怒地去咬火掌的尾巴。

她牙齒一合，火掌的背脊立刻痛得受不了，但這舉動也把他給惹火了。他用力揮開尾巴，甩掉對手，生氣地揮來拍去。

黃牙壓低身體，準備展開新一波攻擊，惡臭的鼻息不斷從她的胸腔內噴出，灌進火掌的鼻孔。空氣中彌漫著絕望的味道，飢餓令母貓發狂。

突然間火掌起了惻隱之心，但這不是戰士該有的念頭，他趕緊拋開那個念頭，他知道自己必須效忠部族，但他就是甩不掉那個念頭。「小伙子，你只是誠實說出自己心裡的想法，相信這將會讓你成為強壯的戰士。」獅心的話在他腦海裡響起。但虎爪的警告也言猶在耳：「不過這也可能讓他在面對敵人攻擊的那一瞬間，立刻曝露出寵物貓的缺點。」

眼見黃牙撲了上來，火掌猛力一扭，轉守為攻。那隻大貓還想攀上他的肩，來個致命的一咬，但因為腿部受傷而未能如願。

「滾開！」火掌弓起背，但黃牙沒有罷手，伸出爪子，死命抓緊。黃牙的重量迫使火掌不得不趴在地上。

火掌的舌頭嚐到泥土的味道，他吐了一口沙子出來。「呸——」

他扭動身體，想避開黃牙後腿的踢打，以及那隻正打算戳進他肚皮的利爪。他們不停翻滾，互咬彼此。

過了一會兒，兩隻貓總算分開。火掌喘吁吁的，但他感覺得到黃牙的體力已經不行了。這隻母貓傷得很重，後腿幾乎撐不住她那皮包骨的身體。

「妳打夠了沒？」火掌吼道。要是這個外來者肯自動收手，他倒是願意警告性地咬她一下就好，只是要讓她記住這個教訓。

「沒！」黃牙放膽地嘶吼回去，但她那隻受傷的腿根本撐不下去，整個身體跌了下來，她想爬起來，但沒辦法。她眼神陰晦地對著火掌大吼：「要不是我又餓又累，早就把你撕成碎片了。」母貓的那張嘴就是不肯認輸，但痛苦讓它扭曲變形。「要殺就殺，我認了。」

火掌這下猶豫了。他從來沒殺過貓。如果是在激烈的打鬥中，那麼或許還有可能，但要他現在狠下心，讓對手早早解脫，他恐怕做不到。

「你還在等什麼？」黃牙不屑地說，「你怎麼像隻寵物貓一樣懦弱啊？」

火掌聽見母貓這麼說，心裡更難過了。難道她從他身上聞到了兩腳獸的氣味？都已經這麼久了，竟然還是擺脫不了那種氣味？

「我是雷族的見習生！」他說。

黃牙瞇起眼睛，她注意到火掌因為她的話而略顯退縮，知道她擊中要害了。「哈！」她不屑地說，「難道雷族現在已經窮途末路到得徵召寵物貓來充場面了？」

「雷族沒有窮途末路！」火掌吼道。

「那就證明給我看啊！像個戰士一樣立刻殺了我！才算是幫我一個大忙。」

火掌瞪著她，他才不會因為她出言刺激，就真的宰了這個可憐蟲。他發現自己的肌肉不再那麼緊繃，好奇心也出現了。一隻部族貓怎麼會落到這種下場？在雷族，老貓比小貓得到更多的照顧！「妳好像很想早點死掉！」他說。

「啊？那是我的事，關你這鼠目小輩什麼屁事？」黃牙罵道，「你是不是有毛病啊？寵物貓？你打算用口水把我淹死嗎？」

她的嘴巴還是不饒人，但火掌聞得到對方身上的飢餓與病痛。如果她再不吃點東西，恐怕也是死路一條。既然她連狩獵都不行了，也許他真該好心送她上西天。兩隻貓互瞪對方，但眼神都有些困惑。

「妳等我一下！」火掌最後說。

黃牙似乎鬆了一口氣，毛不再倒豎，尾巴也不再僵硬。「你別開我玩笑了，寵物貓，我能去哪兒啊？」她嘟囔著，痛苦地癱在柔軟的石南叢上。然後她撲通一聲坐下，開始舔腿上的傷。

火掌迅速回頭看了她一眼，火大地嘀咕一句後，往林子裡走去。

他靜靜地緩步穿過蕨葉叢，鼻間盡是陽光下的溫暖味道。他聞到死老鼠的酸腐味，也聽見蟲子在樹皮底下搔爬的聲音，以及葉叢下方毛茸茸的小動物的窸窣聲。他第一個想到的是回去把他之前獵殺的動物給挖出來，但時間恐怕會耗很久。

也許他應該挖出死老鼠的屍體，但對於一隻餓得半死的貓來說，最需要的還是新鮮獵物。只有在非常艱困的時期，戰士才有可能去吃腐肉。

他突然停下腳步，因為聞到小兔子的味道。走沒幾步，他便看見牠了。他壓低身體，慢慢往獵物靠近。就在離兔子不到一個老鼠身長的地方，兔子發現他了，但來不及了。兔子雖然拔腿就跳，但血脈賁張的火掌立刻追上去，一個箭步，爪子一伸，手到擒來。

他很快就逮住這個小東西，迅速取了牠的性命。

黃牙疲倦地抬起頭，看見火掌丟了一隻兔子在她旁邊。她驚訝得下巴都快掉到地上了。「嗨，又見面了，寵物貓！我還以為你去找你的小戰士朋友了。」

「是嗎？我是要去啊，不過別再叫我寵物貓了。」火掌吼道，並用鼻頭將兔子鏟過去。他突然為自己的婦人之仁感到羞恥。「好吧，如果妳不想吃……」

「哦——不，」黃牙急忙說，「我要吃。」

火掌看著這隻母貓大口咬下獵物，狼吞虎嚥起來。他也餓了，口水直流。他知道現在不應該有吃的念頭，他得先幫部族收集到足夠的獵物才行；但這野味實在太香了。

「嗯——」幾分鐘後，黃牙嘆了一口氣，躺了下來。「這是我好幾天以來享受到的第一頓野味大餐。」她把鼻頭舔乾淨，坐下來梳理自己。

她以為只要梳理一次就會變乾淨嗎？火掌想，他動動鼻頭，東聞西嗅。她怎麼這麼臭啊!?

火掌的眼睛盯在那隻被吃得只剩骨頭的獵物上。對一隻正在成長的貓來說，這一點剩菜根本不夠填飽肚子，尤其他剛剛才和黃牙打完一架，肚子自然更餓。他終於向自己的肚皮投降，吃了剩餘的獵物。真好吃！他舔舔舌頭，盡情地回味，從頭到腳都覺得很舒服。

黃牙盯著他看，露出一口髒污的尖牙。「比兩腳獸餵你們吃的垃圾食物好吃多了，對不對？」她故意調侃他。她知道他的痛處在哪裡，她就是想虧虧他。

但火掌不理她，打理起自己來。

「那根本跟毒藥沒兩樣嘛，」黃牙繼續說，「就跟老鼠屎一樣，只有沒骨頭的動物才會去吃那種噁心得像青蛙蛋一樣的東西……」她突然住口，神情緊張。「噓——有戰士來了。」

火掌也警覺到有貓靠近。他聽見他們的腳掌踩在落葉上的聲音，以及毛刷過枝葉的窸窣聲。他嗅聞了一下風中的氣味。那氣味很熟悉，是雷族的戰士，他們是在自己的地盤巡視，所以不在乎發出聲音。

火掌頓時充滿罪惡感，他趕緊舔舔舌頭，想湮滅掉剛吞進肚子裡的食物氣味。他看見黃牙，還有她身旁的那堆兔子骨頭。「一定要先餵飽部族！」獅心的話再度在他的腦海裡響起。但獅心應該能體諒他為什麼拿東西餵這隻可憐的貓吧。他突然一陣暈眩，警覺到自己剛剛做了什麼。他生平第一次的見習生任務，竟然被他自己給搞砸了——他沒有遵守戰士守則！

第八章

黃牙一聽見有貓逼近的腳步聲，立刻嘶吼起來。但火掌卻查覺到她的慌張。母貓勉強自己站起身體。「再會了，謝謝你的大餐。」她試圖靠三條腿一拐一拐地走，但實在痛得難受，臉部也開始抽搐。「天啊！這條腿都坐僵了！」

為時已晚，她哪裡也去不了了。林子裡竄出幾個身影，沒一會兒，就把火掌和黃牙給團團圍住。火掌認出他們是虎爪、暗紋、柳皮和藍星，四隻貓都精瘦而結實。火掌聞到黃牙身上散發出的恐懼氣味。

灰掌緊跟在後，他跳出灌木叢，站在這些戰士旁邊。

火掌匆忙和他的夥伴打招呼，但只有灰掌理他。「嗨，火掌！」他喊道。

「安靜！」虎爪吼著。

火掌瞪著黃牙，心裡七上八下。到現在他

還聞得到她身上的恐懼，但這隻渾身髒污的母貓顯然不肯認輸，依舊用挑釁的眼神瞪著他們。

「火掌？」藍星的語調既冰冷又謹慎。「這裡怎麼了？有敵營的戰士……而且才剛吃飽？從你們身上的氣味就聞得出來。」她瞪著他，火掌趕緊低下頭。

「她又餓又虛弱……」他開口說道。

「那你呢？難道你也餓到得先餵飽自己，再去幫部族收集獵物嗎？」藍星繼續說，「我想你會打破這條規定，應該是有什麼好理由吧？」

火掌不敢輕忽族長軟中帶硬的語調。藍星很生氣，而且氣得有道理。火掌把身體壓得更低了。

他正要開口，虎爪的吼聲就出現了：「寵物貓就是寵物貓，改不了的！」

藍星沒理會虎爪，反倒看向黃牙。突然她露出驚訝的表情。「哦——火掌，你幫我逮到一隻影族的貓了，而且還是我認識的。妳是影族的巫醫，不是嗎？」她對黃牙說，「妳為什麼大老遠跑來雷族的地盤呢？」

「我以前是影族的巫醫，但現在我選擇獨來獨往。」黃牙嘶聲說道。

火掌聽了很訝異。他沒聽錯吧？黃牙以前是影族的巫醫。八成是她身上的惡臭掩蓋了影族的氣味。要是知道她是影族的貓，他會再跟她多戰幾回。

「黃牙！」虎爪嘲弄地說，「看來妳過得很悽慘，不然怎麼會被一個新手打得落花流水的！」

這時暗紋開口了。「那隻老貓根本沒什麼用處，我們現在就可以把她給殺了。至於這隻寵物貓，竟敢違背戰士守則，去餵敵營的戰士，當然得接受處罰。」

「把你的爪子收起來，暗紋。」藍星冷靜地說，「所有貓族都知道黃牙有膽識、有智慧，或許聽聽她怎麼說，對我們會有些幫助。走吧，我們先把她帶回營地，再決定如何處置她……還有火掌。妳能走嗎？」她問黃牙。「需要幫忙嗎？」

「我還有三條腿呢。」這隻灰斑母貓啐了一口，一拐一拐地往前走。

火掌看得出黃牙眼中痛苦的神情，但她似乎不願讓他們看出她的弱點。他也注意到藍星轉身帶領他們穿過林子前，曾不經意地流露出尊崇的眼神。其他戰士也各就各位，站在黃牙兩側，小心押解著她離去。

火掌和灰掌走在隊伍最後面。

「你聽過黃牙嗎？」火掌低聲問灰掌。

「聽過一點，聽說她在擔任巫醫前，曾是戰士，這一點很不尋常。不過我真的想不透，她怎麼會成為獨行貓？她這一輩子都住在影族的領土啊。」

「什麼是獨行貓？」

灰掌看看他。「獨行貓就是不屬於任何一族，也不屬於兩腳獸，虎爪說這種貓最不可靠，自私自利。他們通常住在兩腳獸的住處附近，誰都管不住他們，他們會自己找食物吃。」

「要是藍星不要我了，我恐怕就會成為獨行貓。」火掌說。

「藍星處事很公正，」灰掌再三向他保證，「她不會趕你走的，她現在肯定很高興逮到這隻重量級的影族貓。我敢說，她不會怪你拿獵物餵這隻渾身是病的老貓。」

「可是他們老是抱怨獵物太少，唉，我幹嘛去吃那隻兔子呢？」火掌感到很羞愧。

「這個嘛——」灰掌輕推他的朋友，「誰叫你這麼鼠腦袋！你的確違反了戰士守則，不過沒有誰是完美的。」

火掌沒有答腔，只是心情沉重地跟在隊伍後面。這是他第一次單獨出任務，哪知道結果和他當初料想的完全不一樣。

⁂

巡邏隊才剛經過營地入口處的崗哨，族貓們便跑過來歡迎這些戰士回家。貓后、小貓和長老們全都簇擁在兩側，好奇地看著被押解回來的黃牙。幾位長老一眼就認出她來。大家開始竊竊私語：「原來這就是影族的巫醫！」現場頓時瀰漫著嘲弄的氣氛。

黃牙似乎對這些奚落充耳不聞。火掌不禁暗自佩服她不理會其他貓的嘲弄，昂首挺胸，瘸著腿費力前進的傲骨。他知道她忍受著極大的痛苦，而且還餓著肚子，雖然她才吃過他抓給她的兔子。

當巡邏隊走到高聳岩時，藍星對著眼前的地面點頭，黃牙聽懂雷族族長的無聲指令，一臉感激地坐在地上。她還是沒去理會周遭帶著敵意的目光，兀自舔起傷腿來。

火掌注意到斑葉出現在角落，大概是聞到陌生貓的氣味。只見大夥兒讓出一條路，讓這隻玳瑁貓通過。

黃牙瞪著斑葉叫道：「我知道怎麼治療自己，不需要妳幫忙。」

斑葉沒吭聲，恭敬地點點頭，隨即退下。

有些貓已經出去狩獵過了，他們把生鮮獵物送過來給剛返家的戰士。戰士們各自拿了一些食物，到蕁麻地去吃。然後其他貓也都過來，拿走他們的份。

火掌飢餓地在空地上來回踱步，看著族貓們像往常一樣各自結伴離開，大啖野味，他也好想吃一點東西，但不敢過去拿。他已經違反戰士守則，這餐應該沒他的份了。

他在高聳岩旁邊停下，藍星正在那裡和虎爪說話。火掌巴望著族長能准許他吃東西，但這隻灰色的母貓只顧著和她的資深戰士交頭接耳。火掌猜想他們是在討論他的事情。他太想知道自己未來的命運了，忍不住豎直耳朵偷聽他們的談話。

虎爪的語氣聽起來很不耐煩。「把敵營的戰士帶到雷族的地盤，實在太不明智了，現在對方已經摸清楚這裡，以後就連影族最年輕的小貓也知道我們的位置，我看我們得立刻搬走。」

「冷靜點，虎爪，」藍星說，「我們為什麼要搬走？黃牙說過，她現在是獨行貓了，所以影族不可能知道這件事。」

「妳這麼篤定？還有那個笨寵物貓，也不知道腦袋瓜在想什麼？」虎爪開罵。

「虎爪，我們不妨再仔細想一下，」藍星說，「影族的巫醫為什麼要離開自己的部族？你一直很擔心黃牙會把我們的秘密洩露給影族，但你有沒有想過，黃牙也可能告訴我們影族的許多秘密？」

火掌注意到虎爪原本倒豎的毛，因為藍星的這番話而平復下來。虎爪點點頭，昂首闊步地離開這裡，去吃東西了。

藍星還待在原地。她朝空地的另一頭看去，那裡有幾隻小貓在土堆裡玩。然後她突然站起來，從火掌身邊經過。火掌緊張得不得了，心想她會對自己說什麼？

但藍星只是從他身邊直直走過，連正眼都沒看他，目光冷淡。「霜毛！」她邊喊邊往育兒室走。只見一隻毛色純白、眼睛深藍的貓從刺木叢裡走出來。這時，刺木叢裡傳出小貓的喵嗚聲。

「噓，小傢伙！」白貓安慰他們，「我馬上就回來。」然後轉身面對族長。「藍星，找我有什麼事？」

「我們的見習生在林子裡看到狐狸，警告一下其他貓后，注意育兒室的安全。還有，務必確保六個月以下的小貓待在營地，直到那隻狐狸被趕走為止。」

霜毛點點頭。「我會告訴大家的，藍星。謝謝妳。」她轉身，擠進育兒室，要哭鬧的小貓們全安靜下來。

最後藍星走到獵物堆，取了她的份。他們特別為她留了一隻肥美的斑鳩。火掌羨慕地看著她帶著食物走到資深戰士那裡，和他們一起進食。

他實在餓壞了，忍不住走上前去。灰掌和烏掌正坐在樹樁旁，狼吞虎嚥地吃著一隻小鳥。他看見火掌往獵物堆走去，點頭鼓勵他也去拿一份食物。火掌低下頭，準備去叼最小隻的森鼠。

「這不是給你吃的！」虎爪吼道，從火掌身後冒了出來，一掌打掉那隻森鼠。「你什麼獵物也沒帶回來，你的份得留給長老吃，拿去給他們。」

火掌看看藍星。

她點點頭說：「照他的話去做。」

火掌只得服從令令，叼起森鼠，拿去給小耳。但樹鼠的香味直竄進他的鼻孔。他真想一口咬下去，他感覺得到一股欲望在他的身體裡流竄。

但他克制了下來，把獵物放在灰色公貓面前，然後很有禮貌地退開。他不寄望對方跟他道謝，而對方也的確沒有。

現在他倒慶幸自己當初把黃牙吃剩的東西給吞進肚子。因為他知道自己在明天狩獵完成之前，是不可能再吃到東西的。

火掌緩緩走向灰掌。他的朋友已經吃飽，和烏掌一起躺在見習生窩外。他也跟著伸直身體，側躺下來，慢慢舔拭他的一隻前腿。

灰掌看見火掌來了，馬上停下舔拭的動作。「藍星跟你提過怎麼處罰了嗎？」他問。

「還沒。」火掌沮喪地回答。

灰掌瞇起眼睛表示同情，但沒有吭聲。

藍星的召集聲在空地響起。「所有成年的貓請帶著自己的獵物來這裡開部族會議。」大部分的戰士都和灰掌一樣吃飽了，忙著梳理自己。現在他們全都站起來，慢慢往高聳岩走去。藍星等在那裡準備發言。

「走吧！」灰掌邊說邊起來，烏掌和火掌也跟著起身，到了高聳岩，找了個好位置坐下。

「我相信你們都聽說我們今天帶回的囚犯是誰了。」藍星開始說話，「但還有件事，你們必須知道。」她低頭看看那隻仍躺在高聳岩旁邊的母貓。「妳那裡聽得見我說話嗎？」她問。

「我也許老了，但還沒聾！」黃牙答道。

藍星無視囚犯的敵意，繼續說：「我有壞消息要告訴大家。今天我和巡邏隊一起進入風族的領土，那裡的空氣充滿影族的氣味。幾乎所有樹木都被影族戰士做了記號。即便我們進入風族領土的心臟地帶，也沒見到任何一隻風族的貓。」

大家聽了都默不出聲。火掌看見族貓們露出猜疑的表情。

「你的意思是影族把他們趕走了？」小耳終於開口問。

「還不能確定，」藍星說，「那裡到處都是影族的氣味，我們還發現了不少血跡和毛，所以一定發生過打鬥，不過倒是沒看見任何一具屍首。」

群眾中響起一片驚嚎。火掌發現周遭的族貓個個又驚又怒，因為從來沒有一族被趕出自己的狩獵場。

「風族是怎麼被趕出去的？」獨眼啞著嗓子問，「影族很好鬥，但風族貓多，已經在那個高地住了好幾個世代了，怎麼會被趕走呢？」她焦急地搖搖頭，頰鬚跟著顫抖起來。

「你的這些問題，我沒辦法回答。」藍星回答，「我只知道影族在鋸星死後，就任命了新族長碎星，在上次大會時，完全看不出碎星有什麼陰謀。」

「也許黃牙會有答案？」暗紋嘶吼，「畢竟，她是影族的貓。」

「我才不會當背叛者呢！別以為我會把影族的秘密告訴你這個畜生！」黃牙惡狠狠地瞪著暗紋。雷族戰士趕緊上前一步，平貼耳朵，瞇起雙眼，準備開戰。

「夠了！」藍星大吼。

暗紋強壓下自己的怒氣，停下腳步，儘管黃牙仍在瞪他，對他嘶吼。

「好了！」藍星吼道，「情況緊急，我們沒有時間在這裡吵架。雷族必須做好準備。今晚月亮出來以後，戰士們必須結伴巡邏，不要落單，其他貓盡量待在營地。巡邏隊要比平常更常去巡視邊界，小貓們全得乖乖待在育兒室。」

高聳岩下方的貓都點頭同意。

藍星繼續說：「我們的戰士不夠，這是我們最大的致命傷，為了解決這個問題，我們要加速訓練見習生，讓他們盡早做好準備，好加入保衛雷族的行列。」

火掌看見塵掌和沙掌振奮地互換眼神。灰掌也抬頭看藍星，眼睛睜得大大的，一副很興奮的模樣。只有烏掌焦慮地在地上蹭著腳掌，這位黑毛見習生的一雙大眼睛裡充滿了憂愁。

藍星繼續說：「有一隻年輕的貓最近一直跟著灰掌和烏掌的導師學習。但現在我決定親自指導他，好讓這三位見習生的學習進度加快。」她停頓了一下，看看下方的族貓。「我要收火掌作見習生。」

火掌驚訝地睜大眼睛，藍星要當他的導師？

他身邊的灰掌也倒抽一口氣，嚇了一跳。「哇，你面子真大！藍星已經好幾個月沒收見習生了，她通常只訓練副族長的孩子。」

這時前方一個熟悉的聲音響起，是虎爪。「火掌沒有拿食物回來，反倒去餵敵營的貓，這種行為竟得到獎勵，而非處罰？」

「火掌現在是我的見習生，我自己會處理這件事。」藍星答道。她直視著虎爪那雙銳利的目光好一會兒，才抬起頭對全體族貓說：「黃牙可以待在這裡，直到體力恢復為止。我們是戰士，不是野獸，所以請注意你們的禮貌，記得要尊敬對方。」

「可是我們不能白養黃牙啊！」暗紋提出抗議，「我們有這麼多張嘴要吃飯呢。」

「是哦！」灰掌在火掌耳邊說，「而且有的貓的胃口還特別大呢！」

「我才不需要你們的照顧！」黃牙罵道，「誰照顧我，我就宰了誰！」

「她還真是和藹可親啊！」灰掌低聲說。

火掌彈彈尾巴，同意他的話，但沒有出聲。其他戰士竊竊私語，暗中欣賞這位敵營戰士的傲骨。

藍星不理會他們，繼續說：「我們就來個兩全其美的辦法吧。火掌，為了懲罰你違反戰士守則，從今天起，就由你負責照顧黃牙。你得幫她捕捉獵物，照料她的傷口，幫她換乾淨的床鋪，還有清理她的排泄物。」

「是的，藍星！」火掌說，他低著頭表示服從。**清理她的排泄物？**他想，**好噁哦！**

塵掌和沙掌發出嘲弄的斷聲。「這點子好欸！」塵掌喊道，「火掌最會抓蝨子了。」

「還有，很會狩獵！」沙掌補了一句，「那隻餓貓的胃口可大得很呢！」

「夠了！」藍星打斷他們，「我希望火掌不會認為照顧黃牙是可恥的事。她是巫醫，也是長老！光這兩個理由，就值得他好好尊重她！」她狠狠地瞪了沙掌和塵掌一眼，「何況幫助弱貓本來就沒什麼好丟臉的。會議結束了，現在我要去找資深戰士們談一談。」話才說完，她就跳下高聳岩，往自己的窩裡走去。

獅心尾隨在後，其他貓也陸續離開高聳岩。只有一、兩隻貓誠心祝賀火掌成為藍星的見習生，大部分的貓都假惺惺地說他「何其有幸」能照顧黃牙。火掌由於還陶醉在藍星的話裡，對其他貓的話毫不在乎，一概茫然地點頭應對。

長尾也朝他緩緩走來，耳尖仍有上次被火掌撕破的V形傷口。這名年輕的戰士縮起頰鬚，發出恐怖的吼聲。「下次把流浪貓帶回營地前，最好先想一想吧。」他冷笑著，「我早說過，外來者總是會帶來一堆麻煩。」

第九章

「如果我是你，我會過去看看黃牙。」灰掌等長尾走了後低聲地說，「她好像不太高興。」

火掌朝那隻老母貓瞄了一眼，她仍躺在高聳岩旁邊。灰掌說得沒錯，她正瞪著他看。

「好吧，我去！」他說，「祝我好運！」

「這次你可能需要星族祖靈的保佑吧。」灰掌答道，「如果需要幫忙，就叫我一聲。要是她想吃掉你，我會從背後偷襲她。」

火掌頑皮地發出一聲喵嗚，慢慢地朝黃牙走去，但才一靠近那隻受傷的母貓，原本大好的心情便跌落谷底。

老貓的心情顯然很糟。她發出表示警告的嘶吼，不時露出尖牙。「離我遠一點，寵物貓！」

火掌嘆了口氣，這下有好戲可看了。他又餓又累，真希望能回去睡個午覺。他現在最不想做的事就是和這隻張牙舞爪的可憐蟲槓上。「妳要什麼，可以告訴我，」他疲累地說，「我只是聽命行事而已。」

「你是寵物貓，不是嗎？」黃牙喘著氣說。

她也累了，火掌想，雖然她的脾氣還是很大，但聲調裡的火氣降了不少。

「我從小就和兩腳獸住在一起。」火掌冷靜答道。

「你母親是寵物貓？你父親也是？」

「沒錯，他們都是。」火掌看著地面，心中燃燒著一股怒火。到現在還被自己族的貓當成外來者，已經讓他心情糟透了，哪還想去搭理這個臭囚犯提的問題呢。

但黃牙似乎把他的沉默當作默認。「寵物貓的血液和戰士的血液是不同的，你為什麼不回去找你的兩腳獸，而要留下來照顧我？我真是丟臉丟到家了，竟然得被你這種出身卑賤的貓照顧！」

火掌的耐心終於磨盡了，他大吼：「就算我有戰士的背景，妳也一樣很丟臉。不管我是妳族裡的貓，還是妳看不起的兩腳獸寵物貓，妳的臉都丟光了。」他用力甩著尾巴，「妳會覺得這麼丟臉，是因為妳得靠別隻貓照顧，才能活下去。」

黃牙盯著他看，橘色的眼睛瞪得大大的。

火掌繼續殘酷地說：「反正妳就是得習慣我來照顧妳，不管喜不喜歡，除非妳好起來，可以照顧自己，唉，妳這個可憐的臭老太婆！」

黃牙開始發出刺耳的氣喘聲，火掌趕緊閉上嘴巴。

他緊張地上前一步，只見這隻母貓全身發抖，眼睛瞇成一條縫，她昏過去了嗎？

「喂，我沒惡意哦……」他正要開口，發現黃牙在笑！

「呵……呵……」她喵嗚地笑，胸脯不住起伏。

火掌不知道該怎麼辦。

「你還真善良欸！寵物貓！」黃牙沙啞地說，終於止住笑聲。「我累了，腿也好痛，我得先睡個覺，還有傷口也得敷點藥。你去你們那個漂亮巫醫那裡，幫我拿點藥草。我想菊花之類的藥草應該有效。對了，去的時候，順便要點罌粟籽讓我嚼嚼，不然我快痛死了。」

她說變就變，讓火掌傻眼。火掌趕緊轉身，快步往巫醫斑葉的洞穴走去。

火掌以前從沒來過這個角落。他機警地豎直耳朵，慢慢穿過陰涼的蕨葉隧道，走向綠茵遍生的一處小空地。空地的一側聳立著一塊高聳的岩石，中間有條裂縫，足夠一隻貓在裡頭造窩。斑葉從洞口快步走出來，眼神晶亮、和藹可親，一如往常，花色的毛上閃爍著深淺不一的琥珀色和棕褐色斑影。

火掌害羞地打招呼，一口氣說出黃牙要的藥草和種子。

「這些東西我洞裡大部分都有，」斑葉答道，「我也會給你一些金盞花葉，在傷口上敷這種葉子，可以預防感染，你在這裡等一下。」

「謝謝。」火掌說，巫醫隨即消失在她的洞穴裡。火掌睜大眼睛，想看看裡頭的情形，但洞裡實在太暗了，什麼也看不到，只聽見窸窣的聲音，聞到一些怪怪的藥草味，那氣味薰得他頭暈目眩。

斑葉從暗處走出來，把一團紮好的東西丟在火掌腳下。「告訴黃牙，不要吃太多罌粟籽，我不希望她止痛止得太徹底，有一點痛不是壞事，至少有助於我診斷她痊癒的情況。」

火掌點點頭，用牙齒叼起藥草。「謝謝妳，斑葉！」他從牙縫裡擠出聲音，然後穿過蕨葉隧道，走回大空地。

火掌一眼就看見虎爪坐在戰士窩外，仔細地觀察他。當他叼著藥草，快步走向黃牙時，感覺虎爪那雙琥珀色的眼睛正在背後緊盯著自己。他轉過頭，好奇地瞄了一眼虎爪，只見那戰士瞇起眼睛，把目光移向別處。

火掌將那包藥丟在黃牙旁邊。

「很好，」她說，「離開前，先幫我找點吃的吧，我餓死了。」

黃牙進入雷族營地，已經三天了。這一天火掌起得很早，他推推還在睡的灰掌，但灰掌的鼻頭仍埋在鬆軟的尾巴底下。「起床了，」火掌叫道，「再不起床，訓練就遲到了。」

灰掌睡眼惺忪地抬起頭，一副心不甘情不願的模樣。

火掌也戳醒烏掌。

那隻黑貓立刻睜開眼睛，跳起來。「發生什麼事了？」他問，緊張地四處張望。

「別那麼緊張嘛，烏掌，只是受訓的時間快到了。」火掌安撫他。

睡在另一頭的塵掌和沙掌也被驚醒了。火掌站起身，穿過蕨葉叢走出去。

早晨的天氣很暖和，火掌可以從營地上方的葉叢枝椏間，看見蔚藍的天空。只不過今天的蕨葉叢和草地上，處處可見斗大晶瑩的露珠。火掌嗅聞空氣，綠葉季接近尾聲，再過不久就會變冷了。

他躺下來，在樹樁旁的地上打滾，伸展四肢，仰著頭在冰涼的地面上磨蹭，然後翻過身側躺，目光穿過空地，想看看黃牙是不是醒了。

黃牙的床鋪已經移到那棵坍倒的樹幹旁邊，在長老用餐區的另一頭，緊依著爬滿青苔的樹幹，不會打擾到長老們，但又完全曝露在戰士窩的視線範圍內。火掌看見一團淺灰色的身影動來動去，發出夢囈般的咕噥。

灰掌跟在火掌後面，快步走出戰士窩，後面有沙掌和塵掌。烏掌最晚才現身，他先是神情緊張地看看空地四周，然後才走出來。

「今天又要照顧那隻老臭蛋啦，火掌？」塵掌問，「我敢打賭，你一定很希望和我們一起去受訓吧。」

火掌坐直，甩甩身上的塵土。他不想被塵掌激怒。

「別擔心，火掌，」灰掌低聲說，「再過不久，藍星就會讓你回來受訓。」

「也許她認為寵物貓還是比較適合待在營地裡照顧病患。」沙掌搖著她那顆毛髮柔順的薑色頭顱，斜睨了火掌一眼，沒禮貌地說。

火掌決定不理會她那些帶刺的話。「沙掌，白風暴今天要教什麼？」他問。

「我們今天要進行作戰訓練，他要講戰鬥技巧。」沙掌驕傲地答道。

「獅心今天要帶我去大梧桐樹那裡，」灰掌說，「他要教我攀爬的技巧，我得走了，他一定在等我了。」

「我跟你一起走到溝壑那邊，」火掌說，「我得先幫黃牙找點早餐回來。要一起走嗎？烏掌？虎爪也一定在等你了。」

烏掌嘆了口氣，點點頭，跟著灰掌和火掌快步走出營地。雖然他的傷已經好了，但他似乎還是對戰士訓練不太感興趣。

***

「拿去！」火掌邊說，邊把一隻大老鼠和一隻燕雀丟在黃牙旁邊。

「時間算得真好。」她大聲說。火掌狩完獵，走進營地時，這隻母貓還在呼呼大睡，但大概是聞到生鮮野味的味道，馬上就醒了，趕忙坐起來。

她低下頭，飢腸轆轆地大啖火掌帶來的食物。隨著體力的恢復，她的胃口愈來愈好。她正在康復當中，但脾氣還是像以前一樣衝、一樣反覆無常。

她一吃完東西，便開始抱怨：「我尾巴底下癢死了，想抓又搆不到，你幫我抓癢，好不好？」

火掌很不願意，但還是蹲下身幫她的忙。

他咔嗞咔嗞地咬著那些肥大的跳蚤。他注意到一群小貓正在附近打滾玩耍。他們互抓對方，玩玩打打，有時還打得很凶。黃牙閉上眼睛，享受火掌的服務，不時半睜著一隻眼睛，偷瞄那群玩耍的小貓。透過牙齒，火掌驚覺到黃牙突然繃緊背脊。

他聽見小貓吱吱喳喳，互相叫罵。

「嚐嚐我的尖牙吧，碎星！」其中一隻小公貓喊道。他跳到一隻灰白色的小花貓背上，小花貓假裝自己是影族的族長。兩隻小貓就這樣半玩半打的，一路翻滾到高聳岩。突然，那隻灰白色的小花貓猛地提起身體，甩掉背上的小公貓。小公貓驚聲尖叫，一個不穩，撞到黃牙。

黃牙跳起來，毛髮倒豎，大聲斥責：「給我滾遠一點，你們這些小毛球！」

小公貓先是抬頭看看這隻憤怒的老母貓，然後尾巴一扭，一溜煙跑走了。他躲在一隻虎斑貓后的後面，瞪著空地這一頭的黃牙。

小花貓嚇呆了，待在原地，動也不敢動，過了好一陣子才偷偷溜回安全的育兒室。

黃牙的激烈反應讓火掌也嚇了一跳。他原以為自己在他們的初次過招中，就見識到母貓最凶狠的一面，其實不然，這次她的眼神點燃新的怒火。「我想，要小貓在營地裡守規矩是很難的，」他小心翼翼地說，「他們靜不下來。」

「我才不管他們靜不靜得下來，」黃牙大吼，「只要離我遠一點就行了！」

「妳不喜歡小孩？」火掌問，充滿好奇，「妳沒生過小貓嗎？」

「你難道不知道巫醫不能有孩子嗎？」黃牙氣沖沖地吼著。

「我聽說妳以前當過戰士。」火掌大膽地說。

「我沒有小孩！」黃牙罵道，從火掌那裡抽回尾巴，坐直身體。「反正……」她的聲調突然壓低，聽起來有些落寞，「小貓和我在一起就會出事。」

她橘色的眼睛裡有情緒在翻騰。她把下巴平靠在前掌上，瞪著前方。火掌注意到她深深嘆了一口氣，垂下肩膀。

火掌好奇地看著她，她那句話是什麼意思？她是認真的嗎？很難說。黃牙的心情一向陰晴不定。他聳聳肩，繼續幫她抓跳蚤。

「有幾隻蟲子我抓不到。」最後他這樣告訴她。

「你這個白癡，抓不到就別抓啊！」黃牙罵道，「我不喜歡背上有跳蚤，你去叫斑葉給你一點老鼠膽汁，塗在我背上，只要一點味道，包管牠們馬上跑掉。」

「我現在就去拿！」火掌說。他很高興終於有機會可以暫時離開這隻脾氣乖張的母貓。更何況去找斑葉，絕對是件愉快輕鬆的事。

他往蕨葉隧道走去，看見一些貓在空地上走動，嘴裡叼著樹枝。當他在幫黃牙抓跳蚤的時候，營地裡也忙成一片。自從藍星宣布風族失蹤的消息以後，這幅景況幾乎天天在營地上演。貓后們忙著用樹枝和葉子去圍擋育兒室，確保位在刺木叢裡的育兒室只有一個出入口。其他貓則在營地邊緣做防禦工程，將矮樹叢之間的空隙給填滿。

即使最老的貓也出動幫忙挖洞；戰士們排成縱隊將生鮮獵物堆在一邊，準備儲放在新挖好的洞裡。空氣中瀰漫一股同心協力的氣氛，大家急著要把營地打造成堅實的堡壘。

如果影族攻進來，雷族會死守堡壘，絕不會像風族那樣讓自己的狩獵場被影族佔去。

暗紋、長尾、柳皮和塵掌都靜靜地守在營地入口，緊盯著金雀花隧道。這時一支巡邏隊出任務回來，他們因為四處巡邏，個個腳爪酸痛，一進營地，暗紋和其他同伴便迎上去。在和他們交談了幾句之後，暗紋和同伴隨即離開營地去巡邏。因為雷族的邊界不能一刻缺少守衛。

火掌走進通往斑葉住處的蕨葉隧道，一進到裡頭的空地，便見到斑葉正忙著準備一些聞起來很甜的藥草。

「我可以要一點老鼠膽汁幫黃牙除跳蚤嗎？」火掌問。

「等我一下。」斑葉答道，她正忙著把兩堆藥草混在一起，腳爪不斷翻攪。

「妳在忙啊？」火掌問完，找了一處溫暖的地面坐下。

「我在打點藥材以防有急用。」斑葉小聲地說，那雙清澈的琥珀色眼睛看向火掌。火掌凝神注視了她好一會兒，才移開目光。他突然覺得很不自在。現在斑葉又把注意力放回藥草上。

火掌等在旁邊，愉快地坐著靜靜看斑葉工作。

「我好了，」她終於又開口，「你剛剛說要什麼？老鼠膽汁？」

「沒錯，麻煩妳了。」火掌站起來，伸直兩隻後腿。太陽照得他暖洋洋的，讓他有點想睡覺。

斑葉跑進洞裡，拿了一些東西出來。她小心翼翼地叼著它。那是一小團青苔，就掛在一根樹皮上，她將它交給他，當他用牙齒接過來時，隱約嗅聞到斑葉鼻息散發出的香甜氣味。

「這些青苔在膽汁裡浸過，」斑葉解釋道，「不要碰到嘴巴，不然會讓你臭上好幾天。把它輕壓在跳蚤身上，然後去洗你的爪子。到河裡去洗。千萬別用嘴巴去舔喔！」

火掌點點頭，快步走回黃牙那裡，他突然覺得精神百倍，心情飛揚。

「妳別動！」火掌對老母貓說完，小心翼翼地用前爪把青苔壓在每隻跳蚤身上。

「反正你的腳爪已經髒了，就順便清理一下我的屎吧！」他才剛辦完一件事，她又接著交代，「我要打個盹兒。」她打了個哈欠，露出一口髒污斷損的尖牙。暖和的天氣讓她昏昏欲睡。

「等清完這個，你就可以去做你想做的事了。」她喃喃說道。

火掌一直到清理完黃牙的排泄物後，才從她身邊離開，走向金雀花隧道。他急著要去河邊清洗腳爪。

「火掌！」空地的另一頭傳來一個聲音。

火掌轉頭去看，是半尾。

「你要去哪裡？」老貓好奇地問，「你怎麼不去幫忙做防禦工事啊？」

「我剛在用老鼠膽汁幫黃牙趕跳蚤。」火掌答道。

半尾動動頰鬚，有些幸災樂禍的樣子。「所以你現在要去河邊？回來的時候，別忘了帶點獵物，我們得多存點糧食。」

「我知道了，半尾。」火掌答道。

他走出營地，爬上溝壑，快步走向他和灰掌首次出獵時越過的那條小河，也就是遇見黃牙的地方。他毫不猶豫地跳進冰涼清澈的河裡。水深及臀，把他肚子以下的毛都浸溼了。他嚇得倒抽一口氣，全身發抖。

這時上方的灌木叢突然傳來窸窣的聲音，他抬頭張望。還好那熟悉的氣味告訴他，不必太緊張。

「你在這裡做什麼？」灰掌和烏掌瞪著他瞧，彷彿他瘋了一樣。

「都是老鼠膽汁惹的禍啦，」火掌苦著臉說，「別問了！獅心和虎爪呢？」

「換他們巡邏了。」灰掌答道，「他們要我們下午自己去狩獵。」

「半尾也叫我去狩獵。」火掌說，冰涼的河水竄過他的腳爪，他忍不住縮縮身體。「營裡上上下下忙成一片，我們是不是隨時可能遭受攻擊？」他爬上岸，身體不斷滴水。

「很難說。」烏掌答道，他的眼睛不時掃瞄四周，好像敵人隨時會從灌木叢裡跳出來似的。

火掌看見這兩個見習生身邊已經堆滿生鮮獵物。「看來你們今天的成績不錯哦。」他說。

「對啊！」灰掌驕傲地答道，「我們下午還會繼續狩獵，你要不要加入？」

「當然要！」火掌說完，最後一次抖抖身體，便跟著他的朋友跳進矮樹叢裡。

火掌感覺得出來營地裡的貓都很驚訝他們三個見習生竟然能在一個下午捕到這麼多獵物。他們一回到營地，許多貓便揚起尾巴，走上前來，用鼻頭親切地招呼他們。他們總共走了四趟，才把捕到的獵物帶回長老們挖的洞穴裡。

當獅心、虎爪和巡邏隊回來時，灰掌、火掌和烏掌正在搬最後一趟。

「做得好，你們三個。」獅心說，「我聽說你們三位忙了一個下午，倉庫都快被你們填滿了。也許你們可以把最後一批獵物放進今晚要吃的獵物堆裡，然後各自拿一份回去吃。辛苦了，好好享受吧！」

三個見習生聽了開心地輕彈尾巴。

「火掌，我希望你沒因為打獵，忽略了照顧黃牙的工作。」虎爪警告他。

火掌不耐煩地搖搖頭，急著想走。他真的餓壞了，這次他完全恪遵戰士守則，狩獵時，一點東西也沒吃，灰掌和烏掌也一樣。

他們快步走開，將最後一批獵物放進空地中央的獵物堆裡，然後各自拿了他們的份，走到樹樁旁邊。奇怪的是，見習生窩裡不見其他貓的影子。

「塵掌和沙掌到哪去了？」烏掌問。

「他們應該還在外面巡邏。」火掌猜想。

「那好，」灰掌說，「我們可以安靜一下。」

他們吃完東西便躺下，準備梳理自己。在忍受一天高溫之後，夜晚的沁涼尤其舒服。

「嘿，你們知道嗎？」灰掌突然說，「今天早上虎爪竟然稱讚烏掌喔！」

「真的？」火掌很驚訝，「你到底做了什麼，讓虎爪這麼高興？難不成你會飛？」

「沒有啦，」烏掌有些不好意思，眼睛直瞧著自己的爪子。「我抓到一隻烏鴉。」

「你怎麼抓得到？」火掌問，一臉訝異。

「那是老烏鴉啦。」烏掌謙虛地說。

「但那隻烏鴉好大哦，」灰掌補充說，「就連虎爪也沒話說。自從藍星收你當見習生之後，他的心情就不好。」他若有所思地舔了腳掌好一會兒。「不對，是自從獅心擔任副族長之後，他的心情就不好。」

「他只是在擔心影族的事，還有一下子多出來那麼多巡邏任務。」烏掌說，語氣有些緊張。

「你就別再煩他了。」

他們的對話很快被空地另一頭傳來的嘶吼聲給打斷。

「糟了！」火掌暗想不妙，正要站起來。「我忘了幫黃牙拿她的食物。」

「你等我一下。」灰掌跳起來，「我去幫她拿。」

「不行，我最好自己去，」火掌拒絕，「那是我應得的處罰，不是你。」

「他們不會注意到的，」灰掌辯稱，「他們忙著吃東西，你又不是才認識我一天、兩天，我可是靜若鼠輩、快如飛魚呢。看我的！」

火掌坐了下來，覺得輕鬆許多。他看見他的朋友快步走向獵物堆。

灰掌裝出一副好像正奉命執行任務的模樣，大喇喇地叼起兩隻肥美的老鼠，快步穿過空地，往黃牙走去。

「你給我站住，灰掌！」戰士窩前傳來一聲怒吼。虎爪踱步過來，走向灰掌。「你要把這些老鼠帶到哪裡去？」他質問道。

坐在樹樁旁的火掌看見這一幕，胃一縮，心想完了。正在吃東西的烏掌，則是半張著嘴，低下頭，眼睛睜得比平常大。

「嗯——」灰掌丟下嘴裡的老鼠，不安地用腳蹭著地面。

「不會是要幫火掌的忙，把老鼠拿去餵那個貪婪的背叛者吧？」

火掌看見灰掌端詳自己的腳掌好一會兒後，才突然答道：「我……哦……我很餓，想自己享用這兩隻老鼠，要是那兩個傢伙瞄到我的食物……」他看了一眼火掌和烏掌，「一定又會來搶，只留骨頭給我啃。」

「哦？真的嗎？」虎爪問，「那好，既然你這麼餓，就坐在這裡吃好了。」

「可……可是……」灰掌緊張地抬頭看了這名資深戰士一眼，準備開口……

「現在就給我吃！」虎爪大吼。

灰掌趕緊低下頭，開始吃老鼠。他兩三口就把第一隻老鼠給吞掉，但第二隻卻吃了很久。火掌原本以為灰掌吃不完，但灰掌最後還是勉強吞進那些鼠肉。

「吃飽了？」虎爪問，語調中帶著一點假惺惺的慈悲。

「很飽。」灰掌答道，硬是把飽嗝給壓了回去。

「很好。」虎爪這才慢慢走開，回到他的窩。

灰掌撐著很不舒服的肚子溜回火掌和烏掌身邊。

「謝謝你，灰掌。」火掌感激地說，並輕觸他朋友的皮毛。「你的反應還真快。」

這時黃牙的嘶吼聲又在空地上響起。火掌嘆了口氣，只得站起身。他得確保她今晚吃得飽睡得好才行。他真想早點休息。他雖然吃飽了，但腳很痠。

「你還好嗎？灰掌？」他轉身離去時這樣問道。

「喵——嘔。」灰掌呻吟著。他弓起身體蹲著，痛苦地斜眼瞄火掌。「我吃太多了。」

「你去找斑葉。」火掌提議，「我想她應該幫得上忙。」

「對。」灰掌說完慢慢地走了。

火掌想目送他離去，但黃牙又是氣急敗壞地吼著，讓他不得不迅速穿過空地，趕過去看黃牙。

第十章

那天夜裡到第二天早晨，細雨穿透樹梢，潤溼營地。

火掌一早醒來，只覺得溼氣很重。昨夜又溼又涼，讓他覺得很不舒服。他站起身，精神抖擻地甩甩身上多餘的水氣，讓自己的毛蓬鬆起來，這才離開見習生窩，信步穿過空地，往黃牙的床鋪走去。

黃牙剛從睡夢中驚醒，她抬起頭，斜眼看見火掌朝她走來。「我全身骨頭酸痛，是不是下了一整夜的雨啊？」

「昨晚月亮出來沒多久，就下雨了。」火掌答道。他伸出爪子，小心翼翼地戳戳黃牙的青苔床鋪。「妳的床溼了，要不要搬到靠育兒室近一點的地方？那裡比較能避雨。」

「什麼？你要讓我一整晚都被那些貓崽子吵得不能睡？我情願給雨淋。」黃牙吼道。

火掌看著她四肢僵硬地在青苔床鋪上兜圈

子。「那至少讓我幫妳拿些乾爽的青苔過來吧！」他提議道，轉移那令她不悅的小貓話題。

「謝謝你，火掌。」黃牙靜靜地回答，又坐了下來。

火掌嚇了一跳，他懷疑黃牙哪根毛不對了？這可是她第一次對他說謝謝，也是她第一次沒叫他寵物貓。

「好了，別站在那裡像隻笨松鼠，快去幫我拿點青苔過來！」她罵道。

火掌頑皮地揮了揮頰鬚。這才像他平常看見的黃牙嘛！他點點頭，一溜煙跑走了。他差點在空地中央撞上斑尾。這隻貓后前一天看到黃牙斥責小貓的場面。

「對不起，斑尾，」火掌說，「妳是不是要去看黃牙啊？」

「我幹嘛去看那隻怪獸？」斑尾不客氣地回答，「事實上，我要找的是你，藍星要你去見她。」

火掌趕緊跑向高聳岩，往藍星的洞穴直奔。

藍星就坐在外頭，頭很有節奏地擺著，舔理她喉嚨下方的灰毛。她發現火掌來了，便停住動作。「黃牙今天好嗎？」她問。

「她的床鋪溼了，我正要去幫她換新的。」火掌答道。

「我會找一隻貓后去做這件事。」藍星又舔舔自己胸前的毛，慎重地看著火掌。「她的體力已經恢復到可以自己狩獵了嗎？」她問道。

「應該不行，」火掌說，「但她可以走路了。」

「我知道了。」藍星說。她想了一會兒，說：「火掌，你該回去受訓了，不過你需要更加努力，才能趕上進度。」

「哇！太棒了！哦，不是，我的意思是……謝謝妳，藍星。」火掌結巴地說。

「今天早上你可以和虎爪、灰掌、烏掌一起出去。」藍星繼續說，「我會要求虎爪測驗所有見習生的戰士技能。別擔心黃牙，我會找別隻貓去照顧她。」

火掌點點頭。

「現在，快去找他們吧！」藍星命令道，「他們應該還在等你。」

「謝謝你，藍星。」火掌說完，輕彈尾巴，轉身往見習生窩跑去。

⚡⚡⚡

藍星說的沒錯，灰掌和烏掌仍坐在他們平日最喜歡的那根樹樁旁等他。灰掌看起來有些僵硬，過重的溼氣讓他的長毛全黏成一團。烏掌正繞著樹樁走來走去，一副若有所思的模樣，白色的尾尖不斷抽動著。

「你今天會加入我們囉！」火掌一靠近，灰掌便喊著，「還是改天？」他甩甩身體，試圖甩掉身上的溼氣。

「就是今天，藍星說虎爪今天要測驗大家，所以沙掌和塵掌也會來囉？」

「白風暴和暗紋帶他們去巡邏了。我想虎爪晚點才會見到他們。」灰掌答道。

「走吧！我們該走了。」烏掌催促著。他停止繞圈，焦急地催促他們。

「那有什麼問題！」灰掌說，「我只希望運動過後，身體能暖和一點。」

於是三隻貓快步穿過金雀花小徑，走出營地。他們趕到沙坑，但虎爪還沒到，他們只好在松樹底下閒晃，豎起全身毛髮，防止寒氣上身。

「你在擔心測驗嗎？」火掌問烏掌，因為烏掌緊張地走來走去。「不用緊張啦，你是虎爪的見習生，他在向藍星報告時，一定會說你表現得不差。」

「你根本不了解虎爪。」烏掌說，他還是不安地踱步。

「拜託你好不好，可不可以坐下來啊？」灰掌抱怨，「你這樣走來走去，我看還沒開始測驗，就先把自己給累死了。」

虎爪來的時候，天氣已經變了。雲層的顏色不再灰暗，反而變淡轉白，那顏色有點像貓后幫剛出生的小貓們準備的白羽絨床鋪。看來天空又將藍成一片，但迎面而來的微風卻帶著一絲寒意。

虎爪快步朝他們走來，一邊和他們打招呼，一邊單刀直入這次測驗的重點。「我和獅心已經花了好幾個禮拜的時間教你們如何狩獵，」他說，「所以今天就要由你們來告訴我，學習成果究竟如何。你們各走一條路，盡自己所能地捕捉獵物。捉到的獵物都要存放到營裡。」

三個見習生你看我、我看你的，既緊張又興奮。火掌聽見這個任務，心跳加速。

「烏掌，你就走大梧桐樹外面的那條小路，走到蛇岩，對你這隻三腳貓來說，這樣的路程應該還算輕鬆。灰掌，」虎爪繼續說，「你沿著河邊走，一直走到轟雷路為止。」

「這下慘了，」灰掌說，「我的腳掌溼定了！」虎爪瞪了他一眼，要他安靜。

「最後是你，火掌。可惜你那偉大的導師今天不能在這裡觀看你的表現。你就走大松林裡面的小路吧，然後穿過伐木場，到外面的林子。」

火掌點點頭，開始盤算那條小路要怎麼走。

「千萬記住，」虎爪說完，又瞪著他們補了一句，「我會隨時監看你們。」

烏掌第一個衝出沙坑，往蛇岩跑去；虎爪走另外一條路，直接進入林子。只剩火掌和灰掌待在沙坑裡，他們兩個都在猜，虎爪會先跟蹤誰？

「我不懂他為什麼認為蛇岩比較好走？」灰掌問，「那裡到處都是蝰蛇，連小鳥和老鼠都知道要避開那裡。」

「烏掌恐怕得花很多時間躲那些蛇吧。」火掌表示同意。

「哦，他不會有事的，」灰掌說，「就連蝰蛇也沒烏掌來得敏捷，他跳得可快呢！我看我得走了，待會兒見！祝你好運！」

灰掌往河流那一頭跑去。火掌停下腳步，先嗅聞空氣，然後跳上山谷邊緣，往大松林的方向前進。

火掌愈走愈覺得奇怪。這條路可以通往他以前住的兩腳獸地盤。他小心翼翼地穿過狹窄的小路，進入樹林。他的目光越過眼前成排筆直的樹木，望向遠方平坦的林地，試圖搜尋獵物的蹤跡與氣味。

有動靜了。那是一隻老鼠，正穿過滿地的針狀松葉在找東西。火掌還記得他的第一堂課，他壓低身體，把重心移向臀部，輕踩地面。他的潛行技巧高明透頂，那隻老鼠一點都沒察覺到火掌就要撲上去。他一下子就逮住牠，迅速取了牠的性命，將牠埋起來，準備回程時再帶走。

火掌繼續往林子深處走去。地面上到處都是砍樹的大型怪獸留下的鑿痕和足跡。火掌深吸了一口氣，張開嘴巴。這裡的空氣已經很久沒出現那種怪獸呼出的酸臭味了。

火掌依循著怪獸的遺跡，跳過路面一條又一條被雨水填得半滿的凹痕。他覺得很渴，有點想停下來喝口水，但又有些猶豫，因為只要舔一口這種水，恐怕連續好幾天嘴巴都會有那怪獸的臭味。

他決定再忍一忍。或許走松樹林，就能找到注滿雨水的小水塘了。於是他匆匆穿過林子，往前走，越過邊界上兩腳獸走的小路。

他來到橡樹林裡，在茂密的矮樹叢間穿來穿去，直到找到一個水塘，舔了幾口新鮮的水。突然間他的毛直覺地倒豎，他認出他熟悉的聲音與氣味，以前他常在籬笆的一根木樁上呆坐眺望。他突然知道自己身在何處，這座林子就在兩腳獸地盤的邊緣，他現在一定離老家很近。

火掌能夠聞到前方有兩腳獸的味道，能聽見牠們的聲音，那聲音吵鬧刺耳，像烏鴉般呱噪。那是一群小兩腳獸，牠們正在林子裡玩耍。火掌蹲伏下來，從蕨葉叢裡往外窺探。那些聲音很遠，所以應該很安全。他換了個方向，避開那些聲音，確保自己不會被發現。

火掌一直保持警覺，不光是為了防備兩腳獸，也在防備虎爪，虎爪可能就在附近。突然間他聽見身後的灌木叢有樹枝咔喳折斷的聲音。他嗅聞空氣，但什麼也沒聞到。他開始納悶，自己是不是被監視了？

火掌從眼角的餘光察覺到有異狀。一開始，他以為是虎爪的深棕色身影，但後來卻瞄見一個白色影子閃過。他停下腳步，蹲伏不動，深吸了一口氣。那股氣味很陌生，是一隻貓，但不是雷族的貓。火掌直覺地豎直全身的毛。他必須把入侵者趕出雷族的領土。

火掌看見那隻動物在矮樹叢裡移動。等他走進蕨葉叢裡時，他才看清楚對方的身影。火掌打算等對方靠得更近再採取行動。他壓低身體，尾巴輕輕地前後擺動。等到那隻黑白花貓愈走愈近，火掌開始搖擺後臀，隨時準備一躍而上。說時遲、那時快，他突然縱身一跳。

花貓嚇得跳了起來，衝進林子，但火掌拔腿就追。

那是寵物貓！他跟進矮樹叢，聞到對方身上傳來的恐懼氣味。竟然敢在我的管區撒野！他快速逼近那隻倉皇逃跑的動物，對方放慢腳步，打算爬上一棵爬滿青苔的頹圮樹幹。火掌血脈賁張，一躍而上，撲向對方的背部。

火掌感覺到他爪下的花貓正死命掙扎，嘴裡發出絕望恐懼的哀號。

火掌鬆開爪子，退下身來。花貓緊攀住樹幹根部，渾身發抖，偷偷抬眼看他。火掌抬起鼻子，一副不恥入侵者竟然這麼快就投降的樣子。這隻肥嘟嘟的家貓有著圓圓的眼睛和小小的臉蛋，長相和他現在朝夕相處的那些貓完全不同。那些貓大多身形精瘦，臉部寬大。問題是，眼前這隻貓讓他有似曾相識的感覺。

火掌直愣愣地瞪著對方，不停嗅聞，想把對方的氣味聞清楚一點。**我記不起來這是什麼味道。**他想，努力搜尋腦海中一點一滴的記憶。

他想到了！

「史莫奇！」他大叫。

「你……你怎……怎麼知道……我的名字？」史莫奇結結巴巴，仍然蹲著發抖。

「是我！」火掌說。

那隻家貓一臉困惑。

「我們以前是玩伴啊！我就住在你隔壁的花園！」火掌強調。

「羅斯提？」史莫奇半信半疑地說，「是你？你找到那些野貓了？還是和新主人住在一起？一定是這樣，因為你還活著！」

「我現在改名叫火掌了。」火掌說。他放鬆肩膀，橘色的毛恢復平日的服貼光滑。

史莫奇也鬆了一口氣，豎直耳朵。「火掌？」他重複這個名字，顯然很好奇。「我說火掌啊，你的新主人好像沒把你餵飽，我們最後一次見面時，你可沒這麼瘦！」

「我不需要兩腳獸餵我，」火掌答道，「我有整座森林的食物可以吃。」

「兩腳獸？」

「就是你們口中的主人。部族貓都是這樣叫牠們的。」

史莫奇的臉上閃過一抹懷疑的表情，但隨即轉為驚訝。「你是說，你現在真的和野貓在一起？」

「沒錯！」火掌停了一下，「呃，你身上的味道聞起來……不太一樣……有點陌生。」

「陌生？」史莫奇重複說著，隨即不屑地表示：「我看你現在八成很習慣野貓的氣味。」

火掌搖搖頭，似乎正在釐清自己的思緒。「可是我們從小就玩在一起，我應該要很熟悉你的氣味才對，就像熟悉我媽的一樣！」火掌突然想起來，史莫奇已經六個月大了，難怪他看起來胖了，脾氣變好了，聞起來也很陌生。「你去過快刀手那裡了嗎？」他倒抽一口氣，「我的意思是……獸醫！」

史莫奇聳聳他肥厚的肩膀。「那又怎樣？」他說。

火掌沒吭聲。藍星說得沒錯！

「快告訴我，野外生活過得如何？」史莫奇質問，「有你想像的那麼好嗎？」

火掌想了一下。他想到昨天晚上睡在潮溼的窩裡，然後又想到老鼠膽汁，幫黃牙清理排泄物，還有受訓時得同時討好獅心和虎爪。他想到其他貓對他出身寵物貓的各種冷嘲熱諷。但他也想起第一次抓到獵物時的那種成就感，在林中追逐松鼠時的快感，以及在溫暖的夜空下與朋友一起分享舌頭的歡樂。

「我知道我現在的身分是什麼。」他簡單回答。

史莫奇偏過頭，看著火掌，顯然沒聽懂他的意思。「我得回去了。」他說，「吃飯時間快到了。」

「回去小心點兒，史莫奇。」火掌傾身向前，親密地舔舔他的頭頂。史莫奇也用鼻頭緊挨著他。「記得保持警覺，路上可能還有其他貓，他們可不像我一樣喜歡寵物貓喔——嗯，我的意思是家貓。」

史莫奇聽見他這麼說，耳朵緊張地動了動。他小心翼翼地看看四周，跳上坍倒在地的樹幹。「再見，羅斯提。」他說，「我會告訴老家的貓兒們你還活著。」

「再見，史莫奇，」火掌說，「好好享用你的大餐吧。」

他看著史莫奇白色的尾尖消失在樹幹邊緣，遠遠聽見貓食倒出來的咯咯聲，以及兩腳獸的呼喚聲。

火掌轉身，揚起尾巴，回頭再看了老家一眼，邊走邊聞。**我得先在這裡抓一兩隻小鳥**，他心中暗自決定，**回松樹林的路上再抓點別的東西**。見過史莫奇後，他精神一振，恍然大悟——身為部族貓是一件多麼幸運的事情。

他抬頭看看樹枝，然後默默穿過林地，一路上保持警覺，不敢鬆懈。他現在要做的事就是讓藍星和虎爪滿意，這樣一天的任務才算圓滿達成。

第十一章

火掌回來時，嘴裡緊咬著一隻燕雀。他把燕雀丟在等在沙坑的虎爪面前。

「你是第一個回來的。」虎爪說。

「我知道，我還有很多獵物還沒搬回來，」火掌急著說，「我把牠們埋在……」

「我知道你做過什麼，」虎爪說，「我一直在觀察你。」

灌木叢傳出窸窣的聲音，灰掌回來了，嘴裡叼著一隻松鼠。他將松鼠丟在火掌的燕雀旁邊。「啐！」他開口就說，「松鼠的毛還真多，我看我得花一整個晚上清牙縫裡的毛。」

虎爪沒理會灰掌的抱怨。「烏掌遲到了，」他下結論說，「我再給他一點時間。然後我們就回營地。」

「萬一他被蝰蛇咬到怎麼辦？」火掌抗議。

「那是他自己活該，」虎爪冷漠地說，「雷

族是不養笨蛋的。」

他們安靜地等著。灰掌和火掌互換眼神，擔心烏掌怎麼還沒回來。虎爪坐著不動，顯然在想事情。

火掌是第一個聞到烏掌回來的。他才剛跳起來，烏掌就衝進空地，看起來非常高興，嘴裡叼著一條有菱形花紋的蝰蛇。

「烏掌，你沒事吧？」火掌喊道。

「嘿！」灰掌說完，衝到烏掌旁邊去看他的獵物。「這傢伙有咬到你嗎？」

「我動作這麼敏捷，當然咬不到我。」烏掌自豪地說，可是一看到虎爪的眼神，他便住了嘴。

虎爪冷冷地瞧著這三名興奮過頭的見習生。「好了，」他不耐煩地打斷，「把剩下的獵物收集好，我們要回去了。」

⚡⚡⚡

火掌、灰掌和烏掌跟在虎爪後面，一路踱回營地，三隻貓得意洋洋地叼著自己今天的戰利品，不過烏掌老是被那條死蛇給絆倒。當他們穿過金雀花隧道，走進營地時，一群小貓從育兒室衝了出來，爭著看他們。

「你們看！」火掌聽見其中一隻小貓說，「是見習生！才剛狩獵回來！」他認出對方是昨天才被黃牙斥責的小虎斑貓。坐在他旁邊的是另一隻毛茸茸的灰色小貓，大概不到兩個月大。一隻小黑貓和一隻小玳瑁貓也坐在旁邊。

「那不是寵物貓火掌嗎？」小灰貓尖聲問道。

「對啊！你看他的毛是橘色的！」小黑貓說。

「他們說他是很棒的獵貓喔，」玳瑁貓補充，「他看起來很像獅心，你們覺得他和獅心一樣厲害嗎？」

「我等不及要接受訓練了，」小虎斑貓說，「我一定要成為雷族有史以來最厲害的戰士。」火掌抬起下巴，聽到小貓對他的稱讚，他覺得很光榮。他跟著他的朋友走到空地中央。

「一條蝰蛇！」當他們把獵物丟在地上，等其他貓來吃時，灰掌又說了一次。

「這條蛇要怎麼辦？」烏掌邊問，邊聞那條蛇。

「你們會吃蝰蛇嗎？」灰掌問。

「你不是什麼都吃嗎？」火掌開玩笑說，用頭輕輕頂了一下灰掌。

「我可不想吃牠。」烏掌低聲說，「我是說，一路把牠叼回來，就夠臭了。」

「那我們把牠掛在樹樁上，」灰掌提議，「這樣塵掌和沙掌一回來就看得到牠。」

於是他們叼起自己的食物以及那條蝰蛇回窩去。灰掌小心翼翼地將蝰蛇擱在樹樁上，並從各個角度調整牠的位置，故意突顯牠的存在，然後才開始大啖美食。吃完後，他們坐在一起互相梳毛、聊天。

「不知道藍星會選誰去參加貓族大會？」火掌說，「明天就是滿月了。」

「沙掌和塵掌已經參加過兩次了。」灰掌回答。

「也許這次藍星會選我們當中的一個去參加大集會，」火掌說，「畢竟我們受訓也快三個月了。」

「可是沙掌和塵掌是最資深的見習生。」烏掌直言指出。

火掌點點頭。「何況這次大會很重要，是風族失蹤後開的第一次大會。不知道影族會怎麼解釋這件事。」

虎爪的低吼打斷了他們的談話。「你們說的沒錯，小伙子。」他悄悄走了過來。「對了，火掌，」他順道一提，「藍星要你去見她。」

火掌抬起頭，有些緊張。藍星為什麼要找他？

「現在就去，如果你沒事的話。」虎爪說。

火掌馬上跳起來，穿過空地，往藍星的窩跑去。

藍星正坐在外頭，尾巴不安地拍來拍去。她一見到火掌就站起身，從容地看著他。「虎爪告訴我，你今天和一隻兩腳獸的貓說話。」她輕聲說。

「是因為……」火掌正要開口。

「他說你一開始就和那隻貓打起來，但最後卻和他聊天。」

「沒錯，」火掌承認，出於自衛他全身毛髮豎直。「他是我的老朋友，我們從小一起長大。」他停頓了一會兒，吞吞口水。「那時我還是隻寵物貓。」

藍星看了他好一會兒。

「火掌。你會想念以前的生活嗎？」她問，「你可得想清楚哦！」

「不會。」**藍星為什麼這麼認為？**火掌很納悶，腦袋飛快地轉動：藍星究竟想要他回答什麼？

「你想離開雷族嗎？」

「當然不想！」火掌被她的問題給嚇了一跳。

藍星似乎沒察覺到火掌答話裡那股堅定的語氣，只是一味地搖頭，那模樣好蒼老、好疲倦。「火掌，就算你想離開我們，我也不會怪你。也許我對你期望過高，也許因為雷族急需新戰士加入，才讓我判斷錯誤。」

火掌一想到自己得永遠離開雷族，不覺恐慌起來。「可是我住在這裡，這裡是我的家。」他大聲抗議。

「火掌，我對你的要求不只這樣。我必須相信你對雷族忠心耿耿，尤其現在影族蠢蠢欲動，我們不希望族裡的貓有二心，不管是現在或是過去。」

火掌深吸一口氣，小心翼翼地說：「今天我見到史莫奇時，我是說虎爪看見的那隻家貓，才明白如果我當初在兩腳獸那裡，會變成什麼模樣。我很慶幸自己作的選擇。我很自豪我離開了那裡。」他勇敢地迎向藍星的目光。「見到史莫奇只讓我更確定自己走對了方向。若是要我當一隻成天只知道吃喝的寵物貓，我想我一輩子都不會開心的。」

藍星凝神注視火掌好一會兒，然後瞇起眼睛，點點頭。「很好，」她說，「我相信你。」

火掌對藍星點頭致敬，他終於鬆了口氣。

「稍早前我和黃牙談過了，」藍星輕鬆地說，「她很想念你，你應該知道她是很有智慧的長者。我想她的脾氣也不見得老是那麼壞。其實我我還蠻喜歡她的。」

火掌聽見這些話很開心。儘管黃牙的脾氣還是不好，但在照顧她的過程中，他已經不自覺地從欣賞她的傲骨，慢慢轉變成喜歡她了。反正不管是什麼原因，他都很高興知道藍星也喜歡她。

「但我還是不能完全信任她，」藍星繼續輕聲地說，「她會繼續待在這裡，但仍然是個囚犯。貓后們會照顧她的生活起居，而你必須把注意力放在自己的訓練上。」

火掌點點頭，等著離去。但藍星還沒說完：「火掌，今天你和家貓交談的行為雖然不妥當，但虎爪還是對你的狩獵技巧讚譽有加。他說你的表現很不錯。我很高興你進步很多。你可以參加大集會，你們三個都一起來吧！」

火掌聽了興奮得幾乎站不穩，全身發抖。大集會耶！「那沙掌和塵掌呢？」他問。

「他們留下來看守營地，」藍星答道，「你可以走了。」她彈彈尾巴，示意他退下，然後又繼續梳理自己的毛。

灰掌和烏掌看見火掌開心地跳回來，都很驚訝。他們一直焦急地在樹樁旁等他。火掌一屁股坐下，看著他的朋友們。

「怎麼樣？」灰掌問，「她怎麼說？」

「虎爪告訴我們，你今天早上和一隻寵物貓在分享舌頭，」烏掌嘴快，說了出來。「你有麻煩了嗎？」

「沒有，不過藍星不太高興，」火掌苦著臉承認，「她以為我可能想離開雷族。」

「你……不會吧！」烏掌問。

「他當然不會！」灰掌說。

火掌感激地擊打他好朋友的腳掌。「對啊，你捨不得我走，你得靠我幫你抓老鼠！這幾天你都只抓到毛茸茸的老松鼠。」

灰掌閃過火掌那一擊，用後腿撐起身體，回擊火掌。

「你們絕對猜不到她說什麼？」火掌繼續說，他太興奮了，不想把時間浪費在玩耍上。

灰掌立刻站直身體。「她說什麼？」他問。

「今晚我們三個都可以去參加大集會！」

灰掌發出歡呼的吼聲，跳上樹樁，後腳一踢，蛙蛇被踢飛，剛好打在烏掌的頭上，蛇身一圈圈地繞在他的脖子上。

烏掌嚇得大叫，轉向灰掌。「小心點好不好！」他吼完，把脖子上的蛙蛇給甩到地上。

「難不成你還怕牠咬你啊？」火掌故意笑他。火掌壓低身體，發出嘶聲，朝烏掌的方向偷偷前進。

烏掌抽動頰鬚，回嘴道：「你想學蛇鬼鬼祟祟地行進，是不是？」他突然撲向火掌，把他扳倒在地上。

站在樹椿上的灰掌低頭想咬烏掌的尾巴，只見烏掌轉身用前腳輕甩了灰掌一巴掌。火掌趁機爬起來，往他們兩個撲去，逼得灰掌也從樹椿上滾了下來。三隻貓在地上翻來滾去，扭打成一團，最後才罷手，喘吁吁地在樹椿旁坐下來。

「沙掌和塵掌也要去嗎？」灰掌喘著氣問。

「沒有！」火掌答道，語氣裡有掩不住的得意。「他們得留下來看守營地。」

「哇，這件事就交給我來說好了！」灰掌懇求道，「我等不及要看他們的表情了！」

「我也是！」火掌同意，「真不敢相信我們可以取代他們！尤其今天虎爪還逮到我和史莫奇說話呢！」

「你真倒楣！」灰掌回答，「我們三個今天都捕到很多獵物，應該用這個來決定才對。」

「我很好奇大集會是什麼樣子？」烏掌說。

「一定很過癮。」灰掌信心滿滿地說，「我敢說偉大的戰士都會到場，包括爪面、石毛……」

不過火掌沒在聽灰掌說話，他在想虎爪和史莫奇的事。灰掌說得沒錯，他的確很倒楣，和老朋友見面時竟然有戰士在後面監視。對方為什麼不去監視灰掌或烏掌？其實被虎爪派去走那條路，已經夠倒楣的了，因為那條路離兩腳獸的地盤很近。

突然一個模糊的念頭興起：虎爪為什麼要派他去走那條離他老家很近的路？是故意考驗他嗎？難道那位偉大的戰士不相信他對雷族的忠誠？

第十二章

火掌注視著長滿灌木的斜坡。灰掌和烏掌蹲在他旁邊。矮樹叢裡還有雷族的長老、貓后、以及戰士們，他們都在等候藍星發號施令。

從第一次和獅心及虎爪來這裡之後，火掌就再也沒來過。現在，茂密的綠蔭林子被圓月冷冽的光芒暈染成銀白色，枝頭上的葉子閃著熠熠銀光。谷底有巨大的老橡樹巍峨矗立，這裡是四大貓族領土的交界處。

空氣中瀰漫著其他貓族的氣味。月光下，火掌清楚看見他們在四棵老橡樹中間的草地上移動。草地中央聳立著一塊大岩石，它就像一根斷裂的尖牙。

「你看下面有那麼多貓！」烏掌屏住呼吸說。

「曲星也在！」灰掌回答，「就是河族的族長。」

「在哪裡？」火掌問，一邊不耐煩地推推灰掌。

「就是那隻淺色的虎斑貓啊。就在大岩石旁邊。」

火掌順著灰掌示意的方向望過去，只見一隻體型比獅心還大的公貓，就坐在空地正中央，帶著條紋的毛皮在月光下發出淡淡的銀光。即使距離這麼遠，仍能清楚看見他那滿布風霜的蒼老臉龐，他的嘴巴扭曲變形，彷彿曾經斷過，沒癒合好。

「嘿，」灰掌說，「你們有沒有看見我告訴沙掌，祝她在家玩得愉快時，她臉上的表情？」

「當然看到啦！」火掌答道。

烏掌小聲打斷他們。「你們看！那是碎星！影族的族長。」他說。

火掌低頭望向那隻暗棕色的虎斑貓。對方有一身非常長的毛，臉又寬又平，他靜靜地坐在那裡看著火掌，那種冷酷無情的態度讓火掌看了不寒而慄。

「他看起來很討厭。」火掌喃喃說道。

「沒錯，」灰掌同意，「他在貓族可是出了名的精明，才當族長沒多久，只有四個月吧。自從他父親鋸星死後，他就接下族長的職位。」

「風族的族長長得什麼樣子？」火掌問。

「你說高星嗎？我沒見過他，不過我知道他是隻黑白花貓，而且尾巴很長。」灰掌答道。

「你在這裡看過他嗎？」烏掌問。

灰掌看向下方的貓群。「沒看過！」

「你有沒有聞到風族貓的氣味？」火掌問。

灰掌搖搖頭。「沒有。」

獅心的聲音在他們耳畔輕輕響起。「風族代表可能只是遲到了。」

「可是如果他們都沒現身呢？」灰掌說。

「噓！有點耐心吧。現在是非常時期，不要講話，藍星馬上就會打信號叫我們行動了。」

他才說完，藍星便站起身，揚起尾巴，左右彈打。所有的雷族貓趕緊起身，跳進灌木叢，衝向下方的會所。火掌跑在他們旁邊，感覺到風在耳畔呼嘯，爪子因過度興奮而微微刺痛。

雷族的貓全都很有默契地在空地前停住，待在老橡樹的邊界上。等到藍星嗅聞空氣，點頭要他們繼續前進，他們才走進空地。

火掌顯得很害怕。其他貓近看更是一副驚駭的模樣，不停地在大岩石附近打轉。這時一隻體型高大的白毛戰士緩緩走過。火掌和烏掌敬畏地看著他。

「你看他的爪子！」烏掌低聲說。

火掌低頭去看，這才發現這隻公貓的大爪子是黑色的。

「他一定就是黑足，」灰掌說，「影族的新任副族長。」

黑足緩步走向碎星，在他身旁坐下。影族族長抽動一隻耳朵招呼他，但什麼話也沒說。

「會議什麼時候開始？」烏掌問白風暴。

「有點耐心好不好？烏掌，」他回答，「今晚的天空很清澈，所以我們會有很充裕的時間開會。」

獅心靠過來，補充說：「戰士們喜歡先吹捧一下自己的戰蹟，長老們愛聊一些兩腳獸還沒來這裡前的陳年往事。」三名見習生抬頭看著他，發現他的頰鬚正頑皮地晃動著。

花尾、獨眼和小耳全都往長老們那裡走去，他們就坐在一棵老橡樹底下。白風暴和獅心則朝另外兩名戰士走去，火掌並不認得那兩位，後來才嗅出他們是河族的貓。

藍星的聲音在這三位見習生的身後響起。「今晚可別浪費時間，」她提醒，「這可是你們認識對手的大好機會。注意聽他們說的話，記住他們的長相和動作，這樣才能學到該學的東西。」

「還有，要少說話，」虎爪提出警告，「別留下任何話柄，讓他們有機會在月圓之後對付我們。」

「別擔心，我們不會的。」火掌趕緊回答，眼睛直視著虎爪。他到現在還無法釋懷虎爪竟不相信他對雷族的忠心。

兩位戰士點點頭，放心地離去，留下三名見習生你看著我、我看著你。

「我們要做什麼？」火掌問。

「不管他們怎麼說，」烏掌說，「我們在旁邊聽就好了。」

「而且不要亂說話。」灰掌補充道。

火掌慎重地點頭。「我要看虎爪去哪兒了。」他說。

「那我去看看獅心，」灰掌說，「你要一起來嗎？烏掌？」

「不，謝了！」烏掌說，「我想去找其他見習生。」

「那我們待會兒見囉。」火掌說完，就往虎爪所在的方向走去。

他很快便聞到虎爪的氣味，並發現他就坐在一大群戰士的正中央。他們都在大岩石後方，虎爪正在講話。

那個故事，火掌在營地裡已經聽過好幾回了。虎爪正在描述他和河族狩獵隊最近的衝突。「我像一隻獅族貓那樣奮力搏鬥，有三個戰士試圖制伏我，但我把他們全都甩開。我和他們一直纏鬥，直到兩個被我打昏在地上，另一個像寵物貓哭著找媽媽似地逃進林子裡。」

這次虎爪沒有提到他為了幫紅尾報仇而殺了橡心那件事。**也許他不想觸怒河族的戰士**。火掌這樣想。

火掌很有禮貌地從頭聽到尾，但某種熟悉的氣味讓他分心。因此，一等虎爪講完，他立刻轉身悄悄循著那甜美氣味的方向走去。原來那氣味是從附近一群貓那裡飄出來的。

火掌發現灰掌就坐在那群貓當中，但灰掌的氣味可不是他要找的。斑葉才是他的目標。她就坐在灰掌對面，夾在兩隻河族公貓之間。火掌害羞地看著她，並在灰掌身邊坐了下來。

「還是沒聞到風族貓的氣味嗎？」他問灰掌。

「大集會還沒開始，他們還是有可能來的，」他的朋友答道，「你看，那是鼻涕蟲，他現在顯然是影族的新巫醫。」他朝貓群中一隻灰白色的花貓看。

「我看得出來他們為什麼要叫他鼻涕蟲。」火掌評論道。因為那位巫醫的鼻頭溼溼的，旁邊的鼻涕都凝結成塊。

「對啊！」灰掌不屑地哼了一句，「我真搞不懂，自己的感冒都治不好，怎麼能當巫醫。」鼻涕蟲正在跟其他貓講，以前的巫醫都會用一種藥草治療小貓的咳嗽。「自從兩腳獸來了，開始鋪設堅硬的地面和種植各種奇花異草，」他以尖銳的聲音抱怨，「這種藥草現在已經找不到了，害得我們的小貓在天冷的時候白白送命。」

貓兒們全都聚在他旁邊，一臉憤憤不平。

「以前大貓族時代，才不會發生這種事。」一隻黑色的河族貓后抱怨著。

「對啊！」一隻銀色的公貓附和道，「只要兩腳獸敢闖入領土，大貓就會把牠們給殺了。如果虎族還在森林裡，兩腳獸根本不敢把巢穴蓋在離我們這麼近的地方。」

火掌聽見斑葉細聲說道：「要是虎族還待在森林裡，我們恐怕也很難在這裡立足。」

「什麼是虎族？」這時他們身後傳來一個微小的聲音。火掌注意到那是一隻小虎斑貓見習生，是別族的貓，就坐在他旁邊。

「虎族是大貓族的一支，以前也住在森林裡。」灰掌小聲答道，「虎族是夜行性的貓，像馬那樣高大，全身有黑色的條紋。那時候這裡還有獅族，他們……」灰掌停頓一下，皺著眉頭努力回想。

「哦，我聽說過他們，」小虎斑貓聲說，「他們像虎族的貓一樣高大，有黃色的毛和像陽光那樣耀眼的金色鬃毛。」

灰掌點頭說：「那時候還有另一族，叫斑點族還是什麼的……」

「小灰掌，我想你是在說豹族吧。」一個聲音在他們身後響起。

「獅心！」灰掌用鼻頭輕觸他的導師，親切地打招呼。

獅心假裝失望地搖搖頭。「你們這群小伙子，難道不知道部族的歷史嗎？豹族是跑得最快的貓，體型巨大，毛是金黃色的，有像腳印的黑色斑點。你們今天能跑得這麼快，捕獵起來這麼敏捷，都要感謝豹族。」

「感謝他們？為什麼？」小虎斑貓問。

獅心低頭看看那個小見習生，回答道：「今天所有貓的身上多少都看得到這些大貓留下的痕跡。如果沒有虎族祖先，我們根本沒辦法在晚上狩獵，還有我們之所以喜歡溫暖的陽光，也是來自獅族的遺傳。」他停頓了一下，「你是影族的見習生，是不是？你幾個月大了？」

小虎斑貓不好意思地看著地面。「六……六個月大了。」他說得結結巴巴的，不敢看獅心的眼睛。

「就六個月大的貓來說，你的個子似乎小了點。」獅心低聲說，語調很溫柔，但眼神卻犀利而嚴肅。

「我母親個子也很小。」小虎斑貓緊張地回答，他低著頭，慢慢後退，抽動淺棕色的尾巴，一溜煙地跑進貓群。

獅心轉身面對火掌和灰掌。「他個子雖然小，但至少有好奇心，如果你們兩個對長老說的事也這麼有興趣就好了。」

「對不起，獅心。」火掌和灰掌說，互換不解的眼神。

獅心無奈地咕噥了一聲。「算了，你們兩個走吧！下次我再要求藍星帶那些喜歡聽故事的見習生來參加大集會。」他有些不悅地打發他們走。

「走吧，」灰掌說，於是兩隻貓縱身跳開。「我們去看看烏掌遇到什麼新鮮事。」

烏掌正坐在一群見習生當中，他們吵著要他說那場和河族的戰役。

「快說啊，烏掌，快告訴我們究竟發生什麼事？」一隻漂亮的黑白母花貓大聲說道。

烏掌害羞地蹭著腳掌，搖搖頭。

「別這樣嘛！烏掌。」另一隻貓慫恿著。

烏掌看看四周，發現火掌和灰掌就站在貓群旁邊。火掌朝他點頭、鼓勵他，烏掌感激地彈彈尾巴，開始說起自己的親身經歷。

一開始他還有點結巴，後來愈講愈順，聲音不再顫抖，聽眾們紛紛傾身向前，眼睛睜得又圓又大。

「到處都是被扯落的毛。鮮血濺在刺木叢的綠葉上，真是觸目驚心。就在我打退一名高大的戰士，把他甩進灌木叢時，我突然感覺地面搖得很厲害，我聽見有戰士在尖叫。是橡心！然後我看到紅尾衝過我身邊，嘴角淌著鮮血，身受重傷。『橡心死了！』他邊喊邊衝，想幫助虎爪擊退另一名戰士。」

「沒想到烏掌竟然這麼會說故事。」灰掌小聲地對火掌說，顯然很佩服他。可是火掌在想別的事。烏掌剛剛說了什麼？**紅尾殺死橡心？**可是虎爪不是說，橡心殺死紅尾嗎？然後虎爪殺了橡心，幫紅尾復仇？

「如果紅尾殺死橡心，那麼誰殺死紅尾？」火掌低聲問灰掌。

「你在說什麼？誰殺誰？」灰掌心不在焉地回答。他根本沒注意聽火掌的話。

火掌搖搖頭，想弄清楚真相。**烏掌一定搞錯了**，他想。**他一定是在說虎爪**。

烏掌繼續說：「最後，紅尾用尾巴把那隻不停哀號的貓從虎爪那裡拖走，然後用盡虎族所賜與的力道，將他甩到灌木叢裡。」

這時一個移動的黑影吸引了火掌的目光。他回頭一看，發現虎爪正站在不遠處。這名戰士正瞪著烏掌。烏掌不知道他的導師就在旁邊，還繼續不厭其煩地回答聽眾的問題。

「橡心死前的最後一句話是什麼？」

「據說橡心以前從沒吃過敗仗？這是真的嗎？」

烏掌有問必答，聲音高亢，眼神發亮。火掌回頭看了看虎爪，虎爪先是露出嫌惡的表情，接著臉上寫滿憤怒。顯然虎爪並不同意烏掌的故事。

就在火掌準備跟灰掌說話的時候，突然出現嘹亮的吼聲，命令貓群安靜下來。看見烏掌閉上嘴巴、虎爪轉身離開，火掌不自覺地鬆了一口氣。

火掌抬頭往吼聲的來處望去，只見三隻貓站在大岩石上方，背後是月光盈盈的夜空。他們分別是藍星、碎星和曲星。

族長們要開會了，但風族的族長在哪裡？

「他們不會在高星缺席的情況下開會吧？」火掌屏息問道。

「我不知道。」灰掌低聲回答。

「你有沒有注意到風族的貓根本沒來。」站在另一邊的河族見習生嘀咕著。

火掌想大家可能都在談同樣的事。其他貓開始往大岩石聚攏，到處都聽得見竊竊私語。

「我們還不能開始吧。」有個聲音喊道，「風族代表怎麼沒來？我們得等到所有族都來了才能開會。」

站在大岩石上的藍星向前跨一大步，灰色的毛在月光下閃閃發亮，近乎銀白。「歡迎各族前來參加這場盛會，」她以清亮的語調說，「沒錯，風族沒來參加，但影族族長碎星希望能先說幾句話。」

碎星默默地走上前，站在藍星旁邊。他巡看下方的貓群好一會兒，橘色的眼睛有如熊熊燃燒的火燄，然後才深吸一口氣，開始說話：「各位朋友，今晚我想告訴大家影族想要什麼……」

但他的話隨即被大岩石下方不耐煩的聲浪給打斷了。

「高星在哪裡？」其中一隻貓喊道。

「風族的戰士都到哪去了？」另一隻貓大聲說。

碎星挺直身子，不停地甩動尾巴。「身為影族的族長，我有權利在這裡對大家說話！」他語帶威嚇地吼著。貓群瞬間靜了下來，惶惶不安。火掌聞到他身邊的貓發出的恐懼氣味。

碎星再度吼道：「大家都知道禿葉季很難熬，還有新葉季快接近尾聲時，狩獵場裡的獵物總是特別少。我們也知道風族、河族和雷族在這個寒冬折損了許多小貓，因為今年冬天來得特別晚。但影族沒事，我們經得起寒冷的北風吹襲，我們的小貓和你們同期出生的小貓比起來，也強壯多了。正因為如此，我們要餵的貓很多，但卻沒有足夠的獵物。」

貓群還是保持沉默，憂心忡忡地聽著。

「影族的要求很簡單，我們要活下去，所以，我們要擴大狩獵的範圍。這就是我堅持要求你們同意影族戰士進入你們領土狩獵的原因。」

大家聽了都很驚訝，不停地交頭接耳。

「要和我們共用狩獵場？」虎爪憤怒地吼著。

「這還真是史無前例啊！」有玳瑁花紋的河族貓后大聲說道，「四大貓族可從來沒共用過狩獵場呢。」

「我們只是要讓影族的小孩活下來，這樣做有錯嗎？」碎星在大岩石上吼叫，「難道你們想眼睜睜地看著我們的小貓挨餓？你們一定得同意我們用你們的狩獵場。」

「一定？」小耳從貓群後方呸口說道。

「沒錯，一定！」碎星又重複了一遍，「風族就是因為不懂這個道理，才被我們趕出去。」

貓群不約而同地發出憤怒的嘶吼，但碎星的怒吼聲硬是蓋過他們：「我還沒說完呢。為了餵飽我們的小貓，必要時我們也會把你們全趕出去。」

現場頓時一片沉默。火掌聽見空地的另一側有名河族見習生嘟囔著，但馬上被一位長老給喝止。

碎星很滿意大家終於安靜下來聽他說話，他繼續說：「我們的領土逐年遭到兩腳獸破壞。部族貓要熬過去，至少得有一族很強盛才行。你們都在苟延殘喘，只有影族仍然不斷茁壯。也許有那麼一天，你們需要我們保護。」

「你懷疑我們的能力？」虎爪問。他那雙淡色的眼睛發出威嚇的怒光，直瞪著影族族長，強而有力的肩膀因為肌肉繃緊而上下伏動。

「我沒在和你說話。」碎星不理會虎爪的質疑，「你們回去之後，最好想想我剛剛說的話。千萬記住一點：你們可以選擇與我們共享獵物，也可以選擇無家可歸、挨餓受凍。」

戰士、長老和見習生你看著我、我看著你，一臉不可置信的樣子。大家沉浸在無言的焦慮中，然後河族族長曲星上前說：「我已經同意影族享有我們領土那條河的部分狩獵權了。」他的語氣很輕，望向他的族貓。

聽見族長這麼說，河族的貓覺得又恐慌又屈辱。

「怎麼沒問我們的意見！」一隻毛色灰白的虎斑貓喊道。

「我認為這是對我們河族最好的安排，也是對所有部族最好的安排。」曲星解釋，他的聲音有著濃濃的屈服味道。「河裡還有很多魚，與其為了爭奪那條河的狩獵權而造成流血衝突，倒不如大家共享獵物。」

「那雷族呢？」小耳用沙啞的嗓音問道，「藍星，妳是不是也會同意這個無理的要求？」

藍星堅定地看著那隻老貓，「我沒和碎星達成任何協議，我只是告訴他，我會在大集會後在族裡討論這件事。」

「嗯，至少我們還有志氣，」灰掌在火掌耳邊低語，「會讓他們知道，我們不像膽小的河族貓那麼好欺負。」

碎星再度拉大嗓門。在聽完曲星的投降宣言後，他那原本就刺耳的聲音顯得更加倨傲。「我還要告訴你們一個重要的消息，這關係到你們小貓的安全。最近有隻影族的貓變成了惡棍貓，她不遵守戰士守則，被我們趕出營地，我們不知道她現在在哪裡。她看起來雖然又老又髒，但咬功可不輸虎族。」

火掌的毛突然倒豎。他是在講黃牙嗎？火掌豎直耳朵，想聽清楚一點。

「我得先警告你們，她很危險，千萬別收留她，還有……」碎星故意停了一會兒，「除非抓到她，把她給殺了，否則你們的小貓可能會有危險。」

火掌從雷族貓的緊張神情和咕噥聲中知道，他們肯定猜到這號「危險貓」就是黃牙。截至目前為止，那隻放肆的母貓沒做過什麼好事來討好收留她的東道主。火掌想，現在要讓她更惹人嫌，當然也不是什麼難事了——就算那種話是從碎星那個討厭鬼嘴裡吐出來。

接著影族的戰士開始退出。碎星從大岩石上跳下來，他的戰士們一擁而上，護送他離開四喬木，回到影族的地盤。其他的影族貓也都快步跟上，包括稍早前被獅心質疑年紀的小虎斑貓。其實那隻虎斑貓在這些影族見習生當中，體型並不算小，因為他們看起來都很瘦小，一副發育不良的模樣，和成熟的見習生比起來，像是只有三、四個月大。

「你們有什麼想法？」灰掌低聲問。

烏掌搶在火掌答腔前，跳了過來。「現在怎麼樣了？」他著急地問，全身的毛豎直，提高警覺，眼睛睜得比平常大。

火掌沒吭聲。雷族的長老們正聚集在附近說話，他繃緊神經，專注聆聽他們的談話內容。

「他指的一定是黃牙。」小耳咆哮道。

「對啊，那天她的確凶了金花的孩子一頓。」斑尾沒好氣地說，她是育兒室裡最資深的貓后，對所有的小貓都寵愛有加。

「那我們為什麼還收留她？現在那裡沒貓在看守她！」獨眼嘆道，這回他的耳朵可靈光了，一句話也沒漏聽。

「我早就告訴過你們，她很危險，」暗紋說，「現在藍星必須正視這件事。我們得趕在黃牙傷害我們的孩子前除掉她。」

虎爪朝同伴們走去。「我們得趕快回營地，先解決掉那隻惡棍貓再說。」他吼著。

火掌沒再聽下去，他感到心慌意亂。雖然他對雷族很忠心，但他實在無法說服自己相信黃牙會對小貓們不利。他很擔心那隻老母貓的安危，腦袋裡裝滿疑問，這些疑問只有黃牙才能回答。火掌沒知會灰掌和烏掌，就先偷偷溜回去了。

他衝上山坡，鑽進林子。難道他看錯黃牙？如果跑回去警告黃牙有危險，自己在雷族的地位會不會不保？無論如何，他一定要趕在其他貓回營之前，從她那裡了解實情。

第十三章

火掌來到溝壑邊緣，俯看營地，他喘著氣，沾到露水的爪子顯得滑溜。他嗅了嗅空氣。這裡只有他一隻貓。他還有時間趕在其他貓回營前找黃牙問話。他悄悄跳下岩坡，溜進金雀花隧道。

整個營地靜悄悄的，只聽見睡夢中的貓均匀的鼻息。火掌迅速繞過空地，躡手躡腳地往黃牙的窩走去。那隻老貓還蜷伏在她的青苔床鋪上。

「黃牙，」他著急地喊著，「黃牙！快醒醒，我有重要的事要找妳！」

黃牙醒了，那雙橘黃色的眼睛在月光下尤其晶亮。「我沒在睡覺。」黃牙輕聲說，語調聽起來鎮定、警覺。「你是不是直接從大集會那裡回來找我？你一定聽到什麼風聲了。」她緩緩地眨眨眼皮，看向別處。「碎星有說到做到嗎？」

「說到做到？」火掌一臉狐疑。黃牙知道的似乎比火掌聽到的多。

「偉大的影族族長發誓要把我趕出貓族的領土。」黃牙冷冷地回答，「他說我什麼？」

「他警告我們，只要收留影族的惡棍貓，小貓們就會遭殃。他沒明說妳的名字，可是雷族猜得出他在說誰。妳最好在他們回來前離開這裡，因為妳現在的處境很危險。」

「你的意思是他們相信碎星的話？」黃牙平貼耳朵，憤怒地擺動尾巴。

「沒錯！」火掌急迫地說，「暗紋說妳是危險貓，其他貓都怕妳會做出什麼壞事。虎爪正在回來的路上……我不知道啦……我只是覺得妳應該趕在他們回來前離開這裡。」

火掌聽見大老遠傳來貓的吼叫聲。黃牙僵硬地站起來，火掌好心地推推她，幫助她站穩，但心裡滿是疑問。「碎星為什麼要我們留意小貓？」他忍不住問，「妳真的幹過那種事？」

「我幹了什麼？」

「妳會傷害我們的小貓嗎？」

黃牙動了動鼻孔，鎮定地看著他。「你認為我會嗎？」

火掌毫不畏懼地迎向她的目光。「不，我相信妳不會。但碎星為什麼要這麼說？」

貓群的聲音愈來愈近，而且還聞得到他們發出的憤怒和挑釁氣味。黃牙驚慌地左右張望。

「快走！」火掌催促著。現在他只掛念黃牙的安全，好奇心完全丟到一邊去了。

可是黃牙卻站在原地不動，瞪著他。「火掌，你相信我是無辜的，這一點我很感激。如果你能相信我，那麼其他貓應該也能。我知道藍星會給我公平的辯解機會，我不能一直逃亡，我老了。我決定待在這裡，面對你們對我的審判。」她嘆了一口氣，佝僂著背。

「可是虎爪怎麼辦？萬一他……」

「他一向剛愎自用，很會慫恿其他貓，他們都怕他，但不管怎麼樣，他還是得聽藍星的話。」

營地外的矮樹叢傳來窸窣的響聲。火掌知道他們已經快到入口了。

「快走，火掌，」黃牙說，露出髒污的尖牙，「別淌渾水，不要讓他們看見你來找我。你幫不了我的忙。你要對自己的族長忠心，由她來決定我的命運。」

火掌知道黃牙已下定決心。他用鼻頭碰了碰黃牙糾結成團的毛，然後悄悄躲進陰暗的角落，等著看後續的發展。

貓兒們從金雀花隧道走了出來，帶頭的是藍星，旁邊跟著獅心，後面是霜毛和柳皮。只見霜毛飛快地衝出隊伍，跑進育兒室，尾巴的毛豎得筆直，顯然驚慌不已。虎爪和暗紋則是肩並肩地走進空地，表情猙獰，其他貓尾隨在後，烏掌和灰掌在最後面壓陣。火掌一看見他的朋友，立刻溜進去加入他們。

「你跑回來警告黃牙，對不對？」火掌才跑進來，灰掌便小聲問他。

「沒錯，」火掌承認，「可是她不肯走，她相信藍星會公平處理。有沒有誰發現我不見了？」

「只有我們。」烏掌回答。這時原本在營地四周睡覺的貓紛紛醒來。他們大概是聞到挑釁的氣味，又聽出回營的貓語調中的緊張與不悅，於是全都跑進空地，尾巴揚得老高。

「怎麼了？」一隻叫追風的虎斑戰士問道。

「碎星要我們讓出狩獵權！」長尾大聲回答，聲音大到所有的貓都聽得到。

「他還警告我們要小心一隻無賴貓，她可能會傷害我們的小貓！」柳皮補充，「他一定是指黃牙。」

惱怒的喵嗚聲在貓群間響起。

「安靜！」藍星喝令，並跳上高聳岩，大家見狀馬上閉嘴。

這時突然傳來尖銳的嘶叫聲，所有的貓都轉頭朝長老住處的方向望去。只見虎爪和暗紋拖著黃牙走過來。他們把她硬拉到空地上，將她丟在高聳岩前面，她憤怒地發出嘶吼。火掌感覺身上的每一塊肌肉都緊繃著，他不自覺地蹲下來，準備攻擊那些虐待黃牙的貓。

「等一下，火掌，」灰掌在他耳邊喊著，「讓藍星來處理這件事。」

「怎麼回事？」藍星質問，她跳下高聳岩，瞪著眼前幾位戰士。「我沒命令你們攻擊我們的囚犯。」

虎爪和暗紋馬上放開黃牙。暗紋灰頭土臉地蹲伏著，嘴裡碎碎唸。

霜毛從育兒室裡走出來，穿過貓群，擠到前面。「還好我們及時趕回來，」她氣喘吁吁地說，「小貓們都沒事。」

「他們當然沒事！」藍星突然開口。

霜毛似乎很驚訝。「可是……妳不把黃牙趕走？」她說，藍色的眼睛睜得斗大。

「趕走她？」暗紋啐了一口，擺出張牙舞爪的架勢，「我們應該現在就殺了她。」

藍星那銳利的藍色眼睛直盯著暗紋氣憤難平的臉。「她做了什麼？」她冷靜地問。

火掌屏住呼吸。

「妳去過大集會，妳也聽到碎星說她……」暗紋開口。

「碎星只是說林子裡有一隻無賴貓，」藍星說，她的語氣非常平靜。「他根本沒提到黃牙的名字，何況小貓們也沒事。只要黃牙在我們的營地，就不准動她一根寒毛。」

藍星說完，全場一片沉默，火掌跟著鬆了一口氣。

黃牙抬頭看向藍星，恭敬地瞇起眼睛。「藍星，如果妳要我走，我現在就走。」

「沒那個必要，」藍星回答，「妳又沒犯錯，妳在這裡不會有事的。」雷族族長抬起頭，看了看黃牙四周的貓，「該是我們討論重要問題的時候了，那個問題就是碎星。我們早就在防備影族入侵，」藍星開口說，「這個工作，我們會繼續進行下去，我們得更常巡視邊界要塞。風族已經被趕走了，河族也讓出一部分的狩獵權，只剩下我們雷族獨自對抗碎星。」

貓群中傳出不滿的聲音。火掌感覺得到自己的毛倒豎起來。

「所以我們不同意碎星的要求囉？」虎爪說。

「以前從來沒有共用狩獵場的例子，」藍星回答，「我們一向都在自己的地盤討生活，所以沒有理由去改變現狀。」虎爪點頭同意。

「但我們能靠自己的力量抵擋影族的入侵嗎？」小耳緊張地問，「風族顯然失敗了，而河族連奮力一搏的勇氣都沒有。」

藍星鎮定地凝視著對方那雙垂垂老去的眼睛。「我們一定要試試看，不能不戰而降。」

火掌看見空地上的貓全都點頭同意。

「明天我會到月亮石那裡，」藍星大聲宣布，「星族的戰士會賜給我力量，幫助我帶領雷族渡過黑暗時期。你們去休息吧，天亮以後我們還有很多事得做。現在我希望和獅心單獨談一下。」她不再說話，轉身往自己的窩走去。

火掌注意到有些貓聽見藍星提到月亮石時，閃現驚喜的眼神，三五成群，興奮地竊竊私語。

「什麼是月亮石？」火掌問灰掌。

「那是地底下的一塊石頭，在黑暗中閃閃發亮。」灰掌小聲說，聲音沙啞，帶著敬畏。「各族族長在第一次獲選為族長時，都得在月亮石待一個晚上。星族的祖靈會在那裡為他指點迷津。」

「指點迷津？」

灰掌皺皺眉。「我哪知道詳情啊？」他承認，「我只知道新就任的族長得睡在月亮石旁邊，他們會作很特別的夢，然後就能得到九條命，並取名為什麼星。」

火掌看見黃牙一跛一跛地走回自己的窩。看來虎爪的粗暴對待害她舊傷復發。火掌慢慢走回見習生窩，邊走邊想明天一早起來要去向斑葉多要點罌粟籽。

「究竟發生什麼事？」塵掌把頭探出見習生窩，緊張地問。從他著急的模樣來看，他似乎忘記自己以前有多討厭火掌這位新進見習生。

「長尾不是說了嗎？……碎星要我們讓出狩獵權……」灰掌開口說。

沙掌和塵掌坐在地上仔細聆聽，火掌卻不時朝營地張望。他看見藍星和獅心並肩而坐的身影，他們正在藍星的洞穴外密談。

火掌注意到戰士窩入口處有烏掌瘦小的身影，虎爪就站在他旁邊。火掌看見烏掌耳朵平貼，身體縮成一團，正在聽虎爪訓話。那位暗色戰士一副咄咄逼人的模樣，個子幾乎是烏掌的兩倍大，眼睛和尖牙在月光下尤其顯得森冷。他在對烏掌說什麼？火掌正打算靠近去偷聽，沒想到烏掌退後幾步，轉身跑離空地。

火掌起身，打算跟上去，卻見到獅心迎面走來。

「唉——」這位雷族副族長大步朝他們走來，「看來火掌、灰掌和烏掌馬上就要進入另一個階段的訓練。」

「什麼訓練？」灰掌問，露出興奮的表情。

「藍星希望你們三個陪她去月亮石！」獅心注意到塵掌和沙掌失望的神情，隨後補充道：「你們兩個別擔心，很快就輪到你們了，此時此刻雷族更需要你們來保護營地，我也會待在這裡。」

火掌的目光從獅心那裡往族長藍星所在的方向探去。藍星在三兩成群的戰士之間穿梭，逐一下達指示。為什麼她會挑他一起去月亮石？火掌滿是疑惑。

「她要你們現在就去休息，」獅心繼續說，「不過要先到斑葉那裡去領取路上會用到的藥草。這是長途旅行，你們需要一些東西來增強體力和抑制飢餓，因為不會有時間讓你們去捕捉獵物。」

灰掌點頭，火掌也趕緊把目光從藍星身上移開，跟著點頭。

「烏掌到哪去了？」獅心問。

「他已經進窩了。」火掌回答。

「那好，就讓他睡吧！你們幫他帶點藥草回來，」獅心說，「好好休息，明天一早就要趕路。」他輕彈尾巴，往藍星的洞穴走去。

「好了，」沙掌說，「你們最好趕快去找斑葉！」

火掌原以為她講話會酸溜溜的，不料卻沒有。顯然現在不是妒嫉的好時刻。看來營裡的貓現在都同心協力、同仇敵愾，準備對抗影族。

火掌和灰掌隨即往斑葉的窩走去。蕨葉隧道一片陰暗，即使是月圓時分，月光也無法穿透層層的蕨葉。

斑葉似乎料到他們會來。「你們是來拿遠行用的藥草嗎？」她問。

「對，麻煩妳了。」火掌回答，「還有，我想黃牙可能需要更多罌粟籽，她的傷好像復發了。」

「你們走後，我會拿給她。你們要的藥草我早就準備好了。」

斑葉指著地上幾包仔細包裹的藥草包。「應該夠你們三個用。深色葉的藥草可以幫助你們壓住飢餓的感覺，另外一包能幫助你們增強體力。記得出發前把藥草吃下去，它們雖然難聞，不像生鮮獵物那麼美味，但那股怪味很快就會散了。」

「謝謝妳，斑葉。」火掌說。他傾身向前，拾起其中一包。當他低下頭時，斑葉探身過來，用鼻頭輕輕摩搓他的臉頰。火掌聞到她甜美、溫暖的鼻息，開心地喵嗚致謝。

灰掌拾起另外兩包，然後兩隻貓轉身往隧道走去。

「祝你們好運！」斑葉在後面喊道。「一路平安！」

他們一走進見習生窩，便將藥草包丟在地上。

「唉，我只希望藥草的味道別太噁心。」灰掌嘀嘀咕咕。

「月亮石一定離這裡很遠，以前從來不用吃藥草的。你知道月亮石在哪裡嗎？」火掌問。

「不在四大貓族的領土裡，是在一個叫高岩山的地方，就在地底我們稱為慈母口的洞穴裡。」

「你去過那裡？」火掌很驚訝灰掌竟然知道那個神秘的地方。

「沒有，不過見習生在晉升為戰士前，一定都要經歷這趟旅程。」

一聽見「晉升為戰士」這幾個字，火掌頓時眼睛一亮，不自覺地挺起胸膛。

「你別抱太大希望，我們得先完成訓練才行。」灰掌警告他，彷彿知道他在想什麼。

火掌抬頭看向葉叢外的夜空，星光點點，月亮不再高掛。「我們應該早點睡。」他說，但是他哪睡得著，心裡老想著明天的遠行。他參加過大集會，現在又將展開月亮石之旅，看來離當寵物貓的那段日子已經愈來愈遠了。

第十四章

冷冽的空氣竄進火掌的背脊，黑暗襲捲了他。他什麼也聽不見，只聞到溼冷泥土陳腐的氣味。

突然他眼前出現一團亮光。他趕緊低頭，瞇起眼睛，避開強光。這團光像星星一樣眩目冷冽，瞬間消失，來無影去無蹤。當黑暗褪去，火掌發現自己在林子裡，樹林裡那股熟悉的氣味讓他稍稍安心，他嗅了嗅植物的溼氣，終於靜下心來。

但毫無預警地，一個可怕的聲音在林間響起，火掌的毛瞬間豎立。前方灌木叢裡傳來貓兒驚恐的尖叫聲，他們從他身邊竄過。火掌認出那些是雷族的貓。他愣在原地，動彈不得。這時大貓出現了，他們都是大塊頭的深色戰士，目露凶光地朝他走來，巨大的腳掌踩出沉重的聲響，還伸出利爪。這時火掌聽見暗處傳來尖銳、絕望，帶著悲憤的一聲哀號。灰掌！

火掌驚恐地醒來，夢境消失了，但他的耳朵仍然嗡嗡作響，毛髮依舊倒豎。他睜開眼睛，映入眼簾的是虎爪那張往窩裡探看的大臉。火掌連忙警覺地跳起身。

「怎麼啦？火掌？」虎爪問。

「只是作了一個夢。」火掌低語。

虎爪好奇地看了他一眼，咆哮道：「叫他們也起床，我們馬上就要走了。」

洞穴外頭，曙光乍現，蕨葉上盡是晶瑩剔透的露水。想必太陽出來後，天氣會很溫暖，但這拂曉的溼氣還是提醒了火掌：落葉季即將來到。

火掌、灰掌、和烏掌囫圇吞下斑葉為他們準備的藥草。虎爪和藍星坐在旁邊等他們，隨時準備出發。其他貓都還在睡覺。

「哦——」灰掌抱怨，「我知道這東西很難吃，難道我們不能改吃肥美的老鼠嗎？」

「這些藥草會讓你們不餓，」藍星回答，「並增強你們的體力。我們可是要長途跋涉。」

「你們已經吃過藥草了？」火掌問。

「如果我今夜要在月亮石等候星族託夢，就不能吃。」藍星回答。

藍星的話讓火掌再也按捺不住，急著想馬上出發。隨著黎明曙光和各種熟悉的聲音逐一出現，夢中的驚恐也完全褪去，成了陽光底下的隱晦往事。藍星的話讓他全身振奮。

沒多久五隻貓啟程，穿過金雀花隧道，離開營地。

獅心正巧巡邏回來。「祝你們一路順風。」他說。

藍星點點頭。「我相信你會好好保護營地的。」她答道。

獅心看著灰掌，點頭示意。「要記住，」他說，「你快成為戰士了，不要忘了我教過你的事。」

灰掌感激地看著獅心。「我會永遠記住的，獅心。」他說，並用頭抵住虎斑貓那寬厚的金色身軀。

他們沿著原路來到四喬木。這是到風族領土最快的一條路。高岩山在風族領土之後。

火掌跳進林間空地，往大岩石走去，到現在他還聞得到昨晚大集會的氣味。他跟著其他貓穿過綠草如茵的空地，攀上對面的斜坡，進入風族的地盤。這片灌木叢生的坡地愈來愈陡，石頭林立，最後大夥不得不在岩石間跳來跳去，才能攀上崎嶇的崖頂。

他們一爬上坡頂，火掌便停下腳步。在他們面前的是一望無際的高原，強風襲來，草浪如波，樹木彎腰。這裡有不少石礫，裸岩隨處可見。

空氣中仍有風族的氣味，但那是很久以前殘留的，反倒是影族戰士做的氣味記號十分明顯和嗆鼻。

「要到月亮石的部族都有權利取道這裡，不過影族好像沒把戰士守則看在眼裡，所以還是要提高警覺。」藍星警告，「但我們絕對不在別人的地盤狩獵，即使影族違反規定，我們也要繼續遵守。」

太陽出來了，他們再度出發，越過高地，沿著小徑，穿過石南叢。火掌早已習慣樹蔭的遮蔽，現在沒樹蔭可慘了，他覺得橘紅色的毛沉重又燥熱，背部好像快燒起來了。還好有一點風從後方的林子吹來。

突然虎爪停下腳步。「小心！」他發出嘶聲，「我聞到影族巡邏隊的氣味了。」

火掌和其他貓也都抬鼻嗅聞，確定影族的戰士正在上風處行走。

「他們在上風處，所以就算我們移動位置，他們也不會知道。」藍星說，「但我們動作得快，萬一他們走到前面，就會聞到我們。快到風族領土的邊界了。」

他們加快腳步，在岩石間繞來繞去，穿過氣味甜膩的石南叢。火掌每走幾步，便嗅聞一下空氣，回頭看看有沒有影族的巡邏隊。終於那股氣味愈來愈淡了。**他們應該已經回去了**，他想，感覺輕鬆多了。

最後他們抵達了高地的邊緣。眼前的景象完全不同，全是兩腳獸徹底改造下的風景。寬闊的道路交織在綠色和金黃色的草原上，綠樹點綴其中。兩腳獸的巢穴在這些田野間零星散布。遠方清晰可見寬敞的灰色道路，那嗆鼻的馬路味隨著風勢灌進火掌的喉嚨。

「那是轟雷路嗎？」他問灰掌。

「對！」灰掌回答，「從影族領土那邊通過來。你有沒有看到轟雷路後面的高岩山？」

火掌看向遠方，只見地平線上隆起鋸齒狀的尖銳山峰，上頭草木不生。「我們得穿過那條轟雷路嗎？」

「沒錯！」灰掌說。他的聲音很有精神，充滿信心，即使眼前有困難，心情還是很開朗。

「走吧！」藍星說完往前一跳，「只要我們繼續保持這個速度，應該能在月亮出來前趕到那裡。」

火掌和其他貓跟著她走下山坡，離開那片荒涼的風族狩獵場，進入兩腳獸翠綠如茵的領土。他們沿著樹籬繼續趕路，火掌有一兩回聞到灌木叢裡的獵物氣味，但斑葉的藥草顯然成功抑制了他的食慾。陽光很強，即使有樹籬遮蔭，他的背仍在發燙。

他們繞過一處兩腳獸的巢穴。那棟巢穴就坐落在一大片白色的岩地上，四周零星分布了幾棟小巢穴。他們壓低身體，慢慢爬過沿著白色岩石而建的籬笆。這時突然傳來吠叫聲，他們趕緊轉身張望。

是狗！火掌的心抽了一下，他弓起背，從鼻頭到尾尖都呈緊繃狀態。

火掌透過籬笆縫往裡面看。「沒關係，牠們被綁住了！」他說。

火掌注視著兩隻離他們約有十條尾巴遠的狗，牠們不斷揮爪亂扒，一點也不像兩腳獸花園裡那種馴良的寵物。這些動物目露凶光瞪著他，牠們扯著狗鍊，抬起前腿揮來揮去，大聲咆哮，露出陰森的尖牙，直到聽見兩腳獸出聲喝止，牠們才安靜下來。貓群繼續前進。

當他們走到轟雷路時，太陽已經快要下山了。藍星要他們停下來，在樹籬下方等候。火掌的眼睛和喉嚨被一陣一陣的煙嗆痛，他看見巨大的怪獸在他面前來回奔梭。

「我們一次過一個，」虎爪說，「烏掌，你先。」

「不行，虎爪，」藍星打斷，「我先過去。別忘了，這是這些見習生生平第一次過轟雷路，先讓他們看看我們是怎麼做的。」

火掌仔細地看著族長，只見她緩緩走向轟雷路的邊緣，邊走邊看兩側，耐心地等著眼前的怪獸一個一個通過。由於很靠近怪獸，她的毛被吹得亂飛。她一直等到刺耳的怒吼聲停了，才一鼓作氣地衝向對岸。

「該你了，烏掌，你已經知道方法了。」虎爪說。

火掌看見烏掌驚恐地瞪大眼睛。他知道他朋友現在的感受，也聞的到自己身上的恐懼氣味。這隻小黑貓慢慢爬向道路邊緣。雖然四周靜悄悄的，烏掌卻不敢走。

「快走！」虎爪在樹籬邊喊著。火掌看見烏掌肌肉一繃，準備起跑，但突然間他腳下的地面開始震動，一頭怪獸從遠方衝出，呼嘯而過。黑貓趕緊縮回身體，衝向藍星。這時，又有一頭怪獸從另一個方向揚塵而來，正好走過烏掌後腳剛剛踩踏的路面。火掌只覺得毛骨悚然，他深吸一口氣，保持鎮靜。

灰掌倒是很幸運，有好一會兒路上沒有任何動靜，讓他能安全地穿過。現在輪到火掌了。

「去吧！」虎爪大聲說。火掌把目光從虎爪身上移向轟雷路，然後從樹籬下方穿出來，往前走。他在路邊等了一下，就像藍星剛剛示範的。突然一頭怪獸朝他這個方向衝過來，看見牠逐漸逼近，火掌想，**等牠過去再說吧**。他從容不迫地等著。沒想到那頭怪獸竟然改變方向，沿著草地往他衝來！一隻兩腳獸從怪獸裡頭探出頭來，對他尖聲奚落。火掌趕緊跳到路邊，伸出爪子備戰。怪獸從他身邊呼嘯而過，捲起陣陣狂風，差一秒鐘他就完蛋了。在漫天塵土中，他縮著身體發抖，眼睜睜地看著怪獸轉了個方向，回到大路上，然後消失在遠方。火掌雙耳血脈賁張，他豎直耳朵聆聽，轟雷路又恢復了平靜。他趕緊抓住機會，以前所未有的速度衝到對面。

「我還以為你死定了！」灰掌喊道，只見火掌迎面撞了上來，差點把他撞倒。

「我也以為我死定了！」火掌喘吁吁的，試圖止住發抖的身體。他轉身看虎爪，虎爪也衝過路面，朝他們跑來。

「哼，兩腳獸！」他一過來，立刻呸了一口。

「要不要休息一下再趕路？」藍星問火掌。

火掌抬頭看看天空。太陽已經西斜。「不必了，」他回答，「我沒事。」剛剛跑得太急太猛，他磨傷了爪子，隱隱作痛。

這些貓繼續前進，藍星在前頭帶路。過了轟雷路後，地面的顏色變得比較暗，青草也比較粗；到了高岩山的山腳，幾乎寸草不生，到處都是礫石，偶爾可以看到零星的石南叢。這片土石大地往上延伸，看起來通到天際，坡頂盡是尖峭的岩石，被夕陽暈染成光采奪目的豔橘色。

藍星再次停下腳步，挑了一塊被太陽曬得很溫暖的石頭坐下。這塊石頭很平，足夠五隻貓一起休息。

「你們看！」她說，鼻頭指向前方的暗坡。「慈母口。」

火掌抬頭望去。夕陽的餘暉令他眩目，整片斜坡被陰影所吞蝕。他們靜靜地等候，太陽漸漸落到高岩山後面，火掌終於看到洞穴入口，那是一個方形的黑色洞穴，就在石拱門的下方。

「我們就先坐在這裡，等月亮升到最高點，」藍星說，「如果你們肚子餓，可以去狩獵，然後再回來休息。」

火掌很高興終於可以去捕獵了。他真的餓壞了。灰掌想的顯然和火掌一樣，他立刻起身，循著空氣中強烈的獵物氣味，跳進石南叢。火掌和烏掌緊跟在後面。虎爪也往另一個方向前進，只有藍星待在原地，靜靜地坐著，眼睛眨也不眨地望著慈母口。

三位見習生捕了許多獵物回來，他們和虎爪一起蹲在岩坡上大吃特吃。雖然輕輕鬆鬆就捕到許多獵物，但他們並沒有交談，空氣中瀰漫著緊張的氣氛。

他們吃完東西後，就坐在族長旁邊休息，直到那塊可供躺臥的岩石失去溫熱，四周被冷冽的黑暗襲捲為止。這時藍星才喊道：「走吧，時間到了！」

第十五章

藍星起身，往慈母口的方向走去。虎爪走在她旁邊，配合她的步伐前進。

「走吧，烏掌！」灰掌喊道，烏掌一直坐在岩石上，抬頭看著前方的石堆。聽見灰掌叫他，他趕緊起身，慢慢跟上去。火掌發現他的朋友這一路上都沒說什麼話。**他在擔心影族的事嗎？還是有其他事困擾他？**火掌猜想著。

沒多久，他們就抵達慈母口。火掌站在洞口往內探看。石拱門後面一片漆黑，比烏雲密布的夜空還要幽暗。火掌瞇起眼睛，想看清楚地道通往何處，但什麼也看不見。

灰掌和烏掌也在他旁邊伸長脖子，緊張地往裡看。即使是虎爪，面對眼前這個黑洞，也顯得惴惴不安。「這麼黑，我們怎麼找得到路？」他問。

「我知道怎麼走，」藍星回答，「只要跟著我的氣味走就行了。烏掌、灰掌，你們兩個在外面留守。火掌，你跟我，還有虎爪，一起到月亮石去。」

火掌興奮得全身震顫，這是多麼光榮啊！火掌斜眼看虎爪。那位戰士坐在那裡，下巴抬得高高的，但火掌聞得到他身上淡淡的恐懼氣味。當藍星起身往幽暗處走去時，那股氣味則變濃了。

虎爪搖搖他的大頭，跟著藍星慢慢走進去。火掌朝烏掌、灰掌點點頭後，也跟了上去。

在洞裡，火掌什麼都看不到。這種黑不見底的感覺很奇怪，但他發現自己並不害怕，反倒急著想知道前面有什麼，這個欲望很強烈。

潮溼冰涼的空氣穿透他厚厚的毛皮，進到他的骨頭裡，讓他的肌肉變得僵硬。就是最寒涼的夜晚，也沒有這裡的空氣那麼冷。**這個地方向來照不到溫暖的陽光！**火掌想，他覺得腳下的岩石平滑得像冰塊。他的肺吸滿冷冽的空氣，他開始頭昏眼花。

他跟著藍星和虎爪摸黑走，靠氣味判別前進的方向，他感到很孤單。他們沿著下坡的地道蜿蜒而行。火掌的頰鬚輕刷過穴壁，提示他該往哪裡走，什麼時候該轉彎。他的鼻子告訴他，藍星和虎爪只離他一條尾巴遠。

他們就這樣走著。**到底還有多遠？**火掌很疑惑。他輕輕晃動頰鬚，鼻腔裡的空氣似乎清新許多，他又聞了一次，聞到外面世界熟悉的氣味，頓時鬆了一口氣。他聞到泥炭、獵物，還有石南的味道。這通道頂端一定有洞。「我們在哪裡？」他在黑暗中問道。

「我們已經進到月亮石的洞穴，」藍星輕聲回答，「我們在這裡等，月亮馬上就要升到最高點了。」

火掌用後腳坐在冰冷的岩地上，靜靜地等著。他可以聽見藍星均勻的鼻息以及虎爪急促且恐懼的喘息。

這時突然出現一道令他們眩目的光芒，整個洞穴倏地亮了起來。先前走在黑暗的通道裡，火掌拚命睜大眼睛，現在撞見突如其來的強光，他趕緊閉上雙眼，過了一會兒才慢慢瞇成一道縫偷看。

他看見一座閃閃發亮的石頭，它像是由無數露珠所組成，閃著晶瑩的光芒。月亮石！火掌看看四周，在那塊石頭的反射下，可以看出這個岩洞大致的輪廓。月亮石矗立在地面中央，高度大約有三條尾巴長。

藍星抬頭凝望，在月亮石的光暈下，她的毛一片潔白。即使毛色暗深的虎爪，身上也閃著銀光。火掌跟著藍星的目光往上看。只見洞穴頂端，有個三角形的缺口，正好可以看見外面的夜空。月光正透過那個缺口投射下來，把月亮石照得像星星那樣耀眼。

火掌可以聞到虎爪身上的恐懼氣味，那氣味愈來愈濃。火掌很訝異，難道這位戰士在這裡看到什麼了？危險的東西嗎？突然間有個身影一閃而過，他感覺到有團毛從他身邊急刷而過，接著便聽見虎爪衝回入口的腳步聲。

「火掌？」藍星的聲音沉穩而冷靜。

「我還在。」他緊張地說。虎爪到底在怕什麼？

「藍星？」火掌因為藍星沒有答腔，又叫了一次。

「不會有事的，小伙子，不要怕。」藍星低聲說，冷靜的語調讓火掌稍稍安神。「我想虎爪是被月亮石的力量給嚇到了。他在上面那個世界很威風，什麼也不怕，但要到下面這個星族祖靈聚集的地方，需要另一種勇氣才行。你覺得如何？火掌？」

火掌深呼吸，強迫自己放鬆心情。「我只是很好奇。」他承認。

「很好。」藍星說。

火掌的目光再度回到月亮石。他已經習慣它的亮度，不再覺得眼花，心情平靜下來。他的尾巴突然微微搖晃，原來他想到之前作的夢。他曾在夢中看到這團亮光。

火掌出神地看著藍星慢慢走向月亮石，在它旁邊坐下。藍星伸出頭，用鼻尖輕輕觸摸月亮石。在她閉上藍色眼睛之前，眼裡反映著月亮石的光澤。然後她把頭靠在腳上，眨眨眼睛，偶爾搖搖腳掌。**她睡著了？**火掌記得灰掌說過：「新族長必須睡在月亮石旁邊，他們睡著後，會作很特別的夢。」

他靜靜地守候。這裡的寒氣不是很重，但還是讓他全身發抖。不知道過了多久，突然月亮石不再閃閃發光。洞穴再度陷入幽暗。火掌抬頭望向洞穴頂端的缺口，月亮已經不在他的視線範圍了，看到的盡是閃爍在夜空裡的星星。

火掌依稀看見族長的淡色身影，就躺在月亮石旁邊。他想叫她，但又不敢打破沉默。

不知道等了多久，她才開口對他說：「火掌？你還在嗎？」她的聲音聽起來既遙遠又有點激動。

「我還在，藍星。」火掌聽見藍星的腳步聲，她正向他走來。

「快點，」他能感覺到藍星的毛輕刷過他的身體。「我們得趕回營地去。」

火掌快步跟在她身後，很驚訝她為什麼急著衝出洞穴。他什麼也看不見，只能依循著藍星的氣味爬上岩洞的通道，直到安全抵達外面的世界。

⚡⚡⚡

藍星和火掌出來時，看見虎爪坐在入口，就在灰掌和烏掌旁邊，他的表情很冷漠，毛有些凌亂，態度高傲地坐著不動。

「虎爪！」藍星和他打了招呼，但沒提他從洞裡逃出來的事。

虎爪稍稍鬆了口氣。「妳有什麼收穫？」

「我們得趕緊回營地去。」藍星簡短回答。

火掌看見族長眼裡的憂愁。此刻他夢境裡的恐怖畫面一一浮現：四散奔逃的貓、幽暗高大的戰士、痛徹心肺的哀號。火掌試著拋開那種不寒而慄的感覺，跟著藍星和其他貓從慈母口衝下幽暗的坡地。莫非惡夢即將成真？

第十六章

他們循著原路回去。月亮已經消失在雲後，夜色幽暗，但至少這時候的轟雷路安靜多了。唯一聽到的怪獸聲離他們很遠。於是他們一起通過轟雷路，穿過另一頭的樹籬。

他們急匆匆地趕路，火掌感覺得到自己的肌肉累得不得了，愈來愈僵硬。藍星走得飛快，她伸直鼻頭，抬起尾巴。虎爪大步走在她旁邊。火掌跟著灰掌跟在後面，離他們幾步遠；烏掌走在最後，顯得有氣無力。

「快跟上來，烏掌！」虎爪回頭吼道。

烏掌嚇得縮了一下身體，趕緊跳著走，直到跟上火掌和灰掌。

「你沒事吧？」火掌問。

「沒事，」烏掌氣喘吁吁，沒看火掌的眼睛。「只是有點累。」

他們爬下深溝，再從另一頭爬上來。

「虎爪從洞裡出來後，有沒有說什麼？」

火掌問，努力壓住語調中的好奇。

「他說他是來突襲檢查我們有沒有做好守衛工作，」灰掌回答，「怎麼了？」

火掌猶豫了一下。「你們有沒有聞到他身上有什麼怪味？」他問。

「只聞到潮溼冰冷的洞穴味啊！」灰掌說，一副驚訝的表情。

「他好像有點緊張。」烏掌大膽說。

「又不是只有他緊張。」灰掌說，看著烏掌。

「你什麼意思？」烏掌問。

「這幾天，你只要一看到他，頸毛就豎得筆直，」灰掌低聲說，「他剛從洞裡跑出來時，把你的魂都嚇掉了。」

「我只是很驚訝而已，真的。」烏掌反駁，「老實說，慈母口那裡實在有點詭異。」

「我也這麼認為。」灰掌同意。

現在大家全都鑽進樹籬，潛入一片玉米田。月光下的玉米田顯得特別耀眼。他們沿著玉米田四周的溝渠走。

「對了，火掌，洞裡到底長什麼樣子？」灰掌問，「你看到月亮石了？」

「我看到了，很壯觀！」一想到月亮石，火掌便覺得很興奮。

灰掌羨慕地看了他一眼。「所以傳說是真的，那顆石頭真的會在地底下發光！」

火掌沒有答腔。他閉上眼睛，細細回味月亮石帶給他的震撼。但那個惡夢再度襲捲而來，他倏地睜開眼睛。藍星說得沒錯：他們得盡快趕回營地。

前方的虎爪和藍星已經跳過一道籬笆，出了玉米田。見習生們紛紛跟上。他們從籬笆下方鑽出，抄小路走。這條小路會經過兩腳獸的巢穴和那些狗的窩。火掌抬頭張望，只見藍星和虎爪繼續趕路，他們的身影鑲在染紅的天際，太陽快要出來了。

「你們看！」他對灰掌和烏掌喊。兩名戰士前方，突然跳出一隻他們從見沒過的貓。

「那是獨行貓！」灰掌嘶聲說。三名見習生趕緊衝到前面。

這隻陌生貓是一隻肥胖的黑白花貓，個子比戰士小，但肌肉結實。

「這位是大麥，」藍星向剛趕到的見習生們解釋，「他住的地方離兩腳獸很近。」

「嗨！」那隻貓跟他們打招呼，「我已經好幾個月沒看到你們的貓了。妳好嗎？藍星？」

「我很好，謝謝你。」藍星回答，「你呢？大麥？從上次碰面到現在，你有什麼斬獲？」

「還不錯啦，」大麥回答，表情很和藹。「兩腳獸的好處之一就是，你總是可以在牠們附近找到很多老鼠。」那隻公花貓繼續說：「你們看起來似乎比平常要匆忙，出了什麼事？」

虎爪看看大麥，不說話，但火掌感覺得出那位戰士有些懷疑獨行貓的企圖。

「我不想離開營地太久。」藍星答得很順口。

「藍星，妳還是老樣子，老是掛念著妳的族貓，就像貓后照顧小貓們那樣細心。」

「你到底要幹嘛？大麥？」虎爪問。

大麥不悅地瞪他一眼。「我只是來警告你們，現在這裡多了兩隻狗，最好回頭走玉米田那條路，會比穿過院子來得安全。」

「這不用你說，我們來的時候就碰到牠們了……」虎爪開始不耐煩。

「謝謝你的提醒，」藍星打斷，「謝謝囉，大麥，等下次……」

但大麥卻輕彈尾巴，「祝你們一路順風。」然後縱身跳開。

「走吧！」藍星命令，她領著他們穿過小路與籬笆間的草地，回到玉米田。三個見習生全都乖乖跟上，只有虎爪有些猶豫。

「妳相信獨行貓的話？」他問。

藍星停下腳步，轉頭看他。「難道你寧可遇見那幾條狗？」

「先前我們遇見牠們的時候，牠們是被綁住的。」虎爪指正。

「但現在牠們可能被鬆開啦。我們還是走這條路好了。」藍星說完，從籬笆下方鑽進玉米田裡。火掌跟著她走，後面是灰掌、烏掌，最後才是虎爪。

現在太陽已經出了地平線。成排的樹籬上，到處都掛著露珠，這表示今天會很溫暖。貓兒們沿著溝渠邊緣緩慢前進。火掌看著下方的溝渠，發現它兩邊的斜坡都長滿了蕁麻。火掌聞到一股獵物的氣味，這種濃烈的氣味是他很熟悉，但很久沒聞到的。

突然一個尖叫聲把火掌嚇得跳起來。只見烏掌不斷掙扎，爪子在地上亂扒。他的腿被某種東西抓住，正被往溝裡拖。

「大老鼠！」虎爪呸口說，「那個大麥設計我們！」

大夥兒還沒反應過來，就被老鼠團團圍住。體型巨大的棕色老鼠從溝渠裡蜂擁而出，吱吱作響。火掌清楚看見牠們的利牙在晨光中閃閃發亮。

突然一隻大老鼠跳上火掌的背，大嘴一張，尖牙咬進他的肉裡，他的肩膀立刻感覺一陣刺痛。另一隻老鼠則用有力的下顎咬住他的腿。

火掌不停地甩動身體，狂亂地扭動，試圖擺脫牠們。他知道這些老鼠沒有他強壯，但數量卻多得驚人。周遭嘶叫怒罵聲不斷，他知道其他貓也遭受攻擊。

火掌死命地伸爪猛揮，劃傷那隻攀在他腿上的老鼠。受傷的老鼠放了手，但另一隻仍緊抓他的尾巴。火掌又氣又怕，迅速反擊，轉頭往他肩膀上的老鼠一咬，咬到牠的頸骨，老鼠身體一軟，掉在地上。

這時又有一隻大老鼠跳到火掌的背部，張口便咬，火掌痛得倒抽一口氣。他瞄見有白影閃過，本來他還有些疑惑，突然間他發現那隻老鼠被拖走了。火掌趕緊轉身，看到大麥將老鼠甩進溝裡。

大麥看看四周，毫不猶豫地衝向藍星。她正在地上翻滾，全身爬滿老鼠。大麥迅速咬住一隻老鼠的背脊，毫不費力地叼起牠，將牠甩在地上，然後又用嘴咬住另一隻，而藍星仍在地上掙扎。

火掌衝向灰掌，灰掌正被體型較小的老鼠從兩側攻擊。火掌撲向最近的一隻，一口咬死牠。這下灰掌總算能轉身用爪子壓住另一隻，用利牙咬住，使勁往溝裡一甩，那隻老鼠嚇得落荒而逃。

「牠們在撤退！」虎爪大喊。

沒錯，剩下的老鼠開始往溝渠的安全地帶竄逃。火掌聽到那些老鼠在蕁麻叢裡吱吱喳喳。他肩膀和後腿的咬傷蠻嚴重的。他小心地舔拭身體，毛上都沾了鮮血，還有那些老鼠的臭味。

火掌轉頭去看烏掌。灰掌正站在蕁麻叢旁邊，為烏掌打氣，他正努力從溝渠裡爬出來。烏掌全身都是污泥，還沾了一身刺，一隻小老鼠咬住他的尾巴不放，火掌跳過去推開牠，接著灰掌幫忙把烏掌拉上來。

然後火掌才回頭去找藍星。他看見大麥坐在溝渠頂，舉目四望，看看還有沒有其他老鼠。藍星躺在附近的小路上，火掌緊張地衝向她。她頸後的灰毛全被鮮血浸溼。「藍星？」他說。

藍星沒有答腔。

虎爪跳向大麥，把他扳倒在地。「你竟然敢設計我們！」他怒吼。

「我不知道這裡有老鼠。」大麥的爪子在地上亂抓，掙扎地想站起來。

「你為什麼叫我們走這條路？」虎爪罵道。

「因為另外那條路有狗！」

「先前我們經過時，牠們都被綁起來了。」

「可是兩腳獸會在夜裡放開牠們，叫牠們保衛巢穴！」大麥喘著氣回答，他被壓在虎爪腳下，無法動彈。

「虎爪！藍星受傷了！」火掌大喊。

虎爪這才放了大麥。大麥站起身，甩掉身上的灰塵。戰士跳到藍星身邊，低頭嗅聞她的傷口。

「現在該怎麼辦？」火掌問。

「只能把她交給星族了。」虎爪嚴肅地說，退後了幾步。

火掌驚恐地睜大眼睛。虎爪是說藍星死了嗎？他低頭看看族長，寒毛倒豎。**難道這就是祖靈們在月亮石那裡警告藍星的事？**

灰掌和烏掌也走了過來，站在族長旁邊，一臉驚惶。大麥不敢上前，伸長脖子看著這裡出了什麼事。

藍星的眼睛睜得大大的，目光呆滯，灰色的身軀動也不動，甚至也沒呼吸。

「她死了？」烏掌小聲問。

「我不知道，我們只能等待。」虎爪回答。

於是五隻貓靜靜地等候，太陽開始東升，火掌發現自己不由自主地在心中默禱，祈求星族保佑族長，送她回來。

過了一陣子，藍星的身體動了一下，尾尖抽搐，頭抬了起來。

「藍星？」火掌的語調顫抖。

「我沒事，」藍星喘吁吁地說，「我還活著，我只丟了一條命，還好丟的不是第九條。」

火掌高興得不得了，他看看虎爪，以為他會露出欣慰的神情，沒想到他卻面無表情。

「好了，」虎爪以命令的語氣說，「烏掌，你去幫藍星找點蜘蛛網來敷傷口。灰掌，你去找些金盞花或馬尾草。」兩個見習生立刻衝出去，「大麥，你可以走了。」

火掌望著那位半路出手相助，幫他們脫困的獨行貓。他很想開口道謝，但虎爪瞪著他，他只好安靜地朝大麥輕輕點頭。這一切大麥似乎都看在眼裡，他也點頭致意，然後默默離開。

藍星還躺在髒污的小路上。「大家都沒事吧？」她問，聲音沙啞。

虎爪點點頭。

烏掌衝了回來，左掌纏滿厚厚的蜘蛛網。「我找到了。」他說。

「我來幫忙敷傷口，好嗎？」火掌問虎爪，「黃牙以前教過我。」

「那就敷吧！」虎爪同意後，便緩步走開，目光重新掃視下方的溝渠，並豎直耳朵，仔細尋找老鼠的蹤跡。

火掌從烏掌那裡挖了一團蜘蛛網，均勻敷在藍星的傷口上。

他這一碰，讓藍星蹙起眉頭。「要不是虎爪，那些老鼠恐怕已經把我給解決了。」她低聲說，聲音充滿痛苦。

「不是虎爪救妳的，是大麥。」火掌一邊向烏掌拿蜘蛛網，一邊小聲地說。

「大麥？」藍星很驚訝，「他還在這裡嗎？」

「虎爪把他趕走了。」火掌小聲回答，「他認為大麥設計了我們。」

「你覺得呢？」藍星的聲音粗嘎。

火掌沒有抬眼，把注意力都放在塗抹蜘蛛網的動作上。「大麥是獨行貓。他設計我們，又趕來救我們，對他有什麼好處呢？」他終於說出自己的看法。

藍星把頭貼回地面，再度閉上眼睛。

灰掌找了一些馬尾草回來。火掌嚼爛葉子，將汁液吐在藍星的傷口上。雖然他知道這種藥可以抑制傷口感染，但他仍希望斑葉就在身邊，他需要她的醫藥知識與醫療技術。

「在藍星康復以前，我們得待在這裡。」虎爪大聲說，跨步過來。

「不行，」藍星堅持，「我們要立刻趕回去。」她痛苦地瞇起眼睛，試著站起來。「我們繼續走吧！」

雷族族長一跛一跛地沿著玉米田的邊緣往前走。虎爪走在她旁邊，臉色陰沉，不知道在想什麼。見習生們焦急地互看彼此，最後只得跟上去。

「藍星，我記得很久以前，妳丟掉一條命？」火掌聽到虎爪小聲的問話，「妳現在已經丟掉幾條命了？」

火掌很訝異虎爪竟然問得這麼直接。

「這是我的第五條命。」藍星冷靜地回答。

火掌豎直耳朵，但虎爪並沒有答腔。他繼續往前走，一副若有所思的樣子。

第十七章

太陽爬上來，又落了下去，貓兒們穿過昔日風族的狩獵場，繼續往前走，一路上都很沉默，顯然還沒從那起老鼠攻擊事件中恢復過來。火掌全身是傷。他看見灰掌一跛一跛地走著，為了保護受傷的後腿，偶爾改用三條腿跳。不過他最擔心的還是藍星。現在她的腳程更慢了，但她不肯停下來，也不肯休息。雖然傷口很痛，但她臉上流露出堅忍不屈的神情，火掌知道她一心想趕回雷族的營地。

「別擔心影族戰士會找碴。」她咬著牙忍痛跟停下腳步嗅聞空氣的虎爪說，「今天他們不會出現在這裡。」

她為什麼這麼篤定？火掌很納悶。

他們小心地沿著原路走下通往四喬木的岩坡，回到通往老家的熟悉小路。已經黃昏了，火掌開始想念那溫暖的窩和肥美的生鮮獵物。

「到現在我還聞得到影族的臭味。」灰掌

小聲地對火掌說。他們正穿過雷族的狩獵場，慢慢前進。

「也許是風把他們的氣味從風族領土那邊吹過來吧。」火掌揣測。他也聞到那股臭味，頰鬚微微打顫。

突然烏掌停下腳步。「你們聽到了嗎？」他壓低聲量說。

火掌豎直耳朵。一開始他只聽見林子裡一些熟悉的聲音，例如樹葉的沙沙聲，鴿子的叫聲……突然他的心往下沉，因為遠遠傳來廝殺的怒吼和小貓驚恐的尖叫聲。

「快走！」藍星大聲喊道，「星族警告過我，我們的營地會被攻擊。」她想用跑的，但卻踉蹌跌倒，只能費力站起身，一拐一拐地前進。

虎爪和火掌同時往前衝，灰掌和烏掌緊跟在後，他們尾巴的毛全都膨起，足足漲大了兩倍。火掌一路衝進營地，完全忘了疼痛，一心只想保護部族。

愈接近入口處，打鬥的聲音愈大，影族的臭味灌滿他的鼻腔。他跟著虎爪率先地衝入隧道，跑進營地。

迎接他們的是混亂的打鬥場面。雷族貓與影族貓展開廝殺。小貓們全都不見了，火掌只希望他們平安無恙地躲在育兒室裡。他想體弱多病的長老們，應該也都躲在坍倒的空心樹幹裡面吧。

營地裡的每個角落都可以見到戰士的身影。火掌看見霜毛和金花正用爪子和尖牙攻擊一隻體型高大的灰色公貓。就連最年輕的虎斑貓后斑臉也加入戰局，她大腹便便，快要生產了。暗紋正被黑色戰士給纏住。三名長老——小耳、斑皮和獨眼也在與一隻身手矯健、殘暴的玳瑁貓奮戰。

趕回來的貓立刻加入戰局。火掌撲向一隻個子比他大的虎斑母貓，咬住她的後腿。對方發出痛苦的尖叫聲，迅速轉身用利爪朝他揮，要咬他的脖子。他扭身低頭，躲過對方的攻擊。她的速度沒他快，所以反而被他從背後逮住，強壓在地上，他用後腿的爪子戳她的背，戳到她尖叫、從他爪下掙脫，一路逃進營地旁邊的矮樹叢裡。

火掌環目四顧，看見藍星才剛走進營地。儘管帶著傷，她仍和另一隻虎斑貓捉對廝殺。火掌從沒看過她的身手，就算受傷，她打起架來也毫不含糊。對手試圖逃脫，她緊抓在後，用爪子狠狠戳下去。火掌想那傢伙恐怕得帶傷好幾個月了。

這時他又看見一隻影族白貓伸出烏黑的爪子，把一名雷族長老從育兒室拖出來。火掌記得他在大集會裡見過那些黑爪，他是黑足！這位影族的副族長三兩下便解決了保護小貓的長老。接著他將巨大的前爪伸進刺木叢裡，小貓們驚聲尖叫，毫無抵禦的能力，而他們的媽媽全都在空地上和另一批影族戰士廝殺。

就在火掌準備跳進育兒室時，他感覺腰側被一隻爪子劃過，他馬上轉身去看，一隻瘦巴巴的玳瑁貓正往他頭上撲來。他被壓倒在地上，只好轉頭先去警告其他雷族貓：小貓們有危險了。他用盡全身的力氣想掙脫花貓的箝制，並不時轉頭去看刺木叢那邊的情形。

黑足已經從窩裡挖出兩隻小貓，正打算去抓第三隻。

這時花貓竟用後爪去耙火掌的肚子，他痛得閉上眼睛。火掌勉強起身，放低姿態，假裝被打敗。這一招以前很管用，現在也一樣。當花貓得意地咬住他，準備用尖牙去戳他的脖子時，他突然使勁一跳，甩掉她，轉身往那個氣喘吁吁的戰士撲回去。這次他毫不心軟，狠狠地往對方的肩膀咬下去。母貓被他這一咬嚇得驚聲尖叫，逃進矮樹叢裡。

火掌跳起來，衝向育兒室，將頭探進入口，但黑足已不見蹤影，黃牙蹲伏在育兒室裡，驚嚇過度的小貓們全躲在她旁邊。黃牙的灰毛濺滿鮮血，一隻眼睛腫得很厲害。她不知道來的是火掌，繼續嘶吼，直到發現是他，才大聲地說：「他們都沒事，我會保護他們。」

見她低頭安撫無助的小貓，火掌突然想起碎星警告過，影族的惡棍貓會吃小貓。但他現在沒有時間去想那件事，他必須信任黃牙。他點點頭，從刺木叢裡退出來。

現在營地裡只剩下幾隻影族貓。灰掌和烏掌並肩作戰，合力對付一隻黑色的公貓，直到對方落荒而逃，跑進灌木叢裡。白風暴和暗紋將最後兩隻入侵者趕出營外，還賞了他們幾爪，狠咬他們幾口。

火掌坐了下來，精疲力竭，他看了看四周，一片觸目驚心的慘狀。空地上鮮血四濺，塵土和貓毛飛揚。營地四周靠矮樹叢搭建起來的圍籬，已經被入侵者破壞。

雷族的貓一個接一個地走到高聳岩下方坐下。灰掌也走過來坐在火掌旁邊，他的左右腰肋都腫起來了，一隻耳朵被撕裂，淌著鮮血。烏掌撲地躺下，開始舔尾巴的傷口。貓后們全都衝進育兒室探視自己的小貓。火掌有些擔心那邊的情形，但視線被其他貓擋到，看不到實際的狀況。當他聽見刺木叢傳來吱喳的叫聲和快樂的喵嗚聲，才鬆了一口氣。

霜毛穿過貓群走了過來，後面跟著黃牙。這隻白色的貓后走上前來，對大家說：「我們的小貓平安無恙，這全得歸功於黃牙。一隻影族戰士殺了英勇的玫瑰尾，想偷走我們的小貓，幸好黃牙擊退他。」

「那傢伙可不是普通的影族戰士，」火掌補充一句，他決心要讓其他貓知道他們當初有多冤枉黃牙。「我看到那名戰士了，他是黑足。」

「影族的副族長！」斑臉說，剛剛她也辛苦抵抗敵人，只為了保護肚子裡的貓寶寶。

貓群出現騷動，藍星一跛一跛地往見習生的方向走去。火掌從她臉上的陰霾表情看出，一定發生了什麼事。

「斑葉現在在獅心那裡，」她低聲說，「獅心在這場戰役中身受重傷，情況很不樂觀。」她轉頭往高聳岩角落的陰暗處望去，獅心就像一綑沾了灰塵的金黃色毛躺在那裡，動也不動。

灰掌發出尖銳的嚎叫，衝向獅心。本來守在雷族副族長旁邊的斑葉，這時也退後一步，讓年輕的見習生和他的導師有機會說最後幾句話。灰掌的哀號聲在空地迴響，讓火掌心驚膽戰，寒毛豎立。因為那哀號聲竟和他夢裡聽到的一模一樣！他突然覺得頭暈目眩，趕緊甩甩身體，為了灰掌，他得先保持冷靜。

火掌看了藍星一眼，藍星對他點頭示意，於是他緩緩走向高聳岩去看他的朋友。他在斑葉旁邊坐了一會兒。

斑葉看起來精疲力竭，木然的眼神裡盡是憂愁。「我真的無能為力，」她輕聲對他說，「他正在往星族的路上。」她將身體靠向火掌，用溫暖的毛撫慰他。

其他貓默默地看著眼前的這一切，太陽已經斜倚在林子後方了。灰掌坐起身體，哀號：「他走了！」他在獅心的屍首旁邊坐下，將頭擱在前腳。其他貓安靜地走上前，向他們敬愛的副族長告別。

火掌也加入他們的行伍。他舔舔獅心的脖子，低聲說：「謝謝你的教誨，你教會我許多事。」然後在灰掌旁邊坐下，輕輕梳理灰掌的耳朵。

藍星一直等到其他貓離開，才又踱步過來。灰掌傷心到根本沒注意到族長就在旁邊。當藍星跟她的老朋友做最後的話別時，灰掌目光呆滯。

「獅心，沒有你，我該怎麼辦？」她低聲說，然後一跛一跛地走回自己的窩，在外頭蹲伏下來，悲戚地看著遠方。她甚至沒心情去舔拭自己身上的血跡，這還是火掌頭一次見到她這麼沮喪，禁不住起了寒顫。

他坐在灰掌和獅心旁邊，直到月亮當空。烏掌來找他，一起陪著傷心欲絕的朋友。虎爪緩步走來，舔了一下獅心的舌頭，火掌想聽聽他會對這位老朋友說什麼，但虎爪什麼也沒說，只是舔舔糾結的毛髮。更令火掌不解的是，虎爪似乎一直在盯著烏掌，而非躺在地上的副族長。

斑葉沿著營地邊緣慢慢走，幫族貓一一療傷，安撫他們的情緒。火掌看見她去藍星那裡兩次，但每次族長都要她先去照顧其他貓，一直等到斑葉將他們的傷都處理好了，才肯接受斑葉的治療。

等斑葉忙完轉身回自己的窩時，藍星才站起身，勉強爬上高聳岩。大夥兒似乎都在等她說話。她才坐上平常的位置，眾貓便紛紛往高聳岩下方的空地靠攏，他們異乎尋常地安靜，神情悲切。

火掌和烏掌也僵硬地站起來，加入他們，只留灰掌在獅心旁邊。灰掌依舊將鼻頭擱在獅心冰冷的身軀上。火掌想藍星應該不會介意灰掌缺席吧。

「月亮快要出來了。」在火掌鑽進貓群，坐在烏掌旁邊後不久，藍星開口說話了，「我又得再次履行義務，任命新的副族長，很遺憾這次和上次實在隔得太近了。」她的聲音既疲憊又哀傷。

火掌看著那些戰士，他們都一臉期盼地望著虎爪，就連白風暴也回頭去看那隻深色虎斑貓。從虎爪臉上的表情和頰鬚抽動的模樣來看，他似乎也認定副族長這個職位非他莫屬。

藍星嘆了口氣，繼續說：「我要在獅心的屍首面前大聲宣布，這樣他的靈魂才會聽見，同意我的選擇。」她猶豫了一會兒。「我從沒忘記是誰為紅尾復仇，將他的屍首帶回來。雷族現在正需要這樣的膽識與勇氣。」藍星停了一會兒，然後大聲宣布名字。「雷族的副族長將由虎爪接任。」

現場贊同聲四起，歡呼聲最大的莫過於暗紋和長尾。白風暴一臉鎮定，閉上眼睛，尾巴整齊地圍成一圈，他緩緩點頭，表示同意。

虎爪得意地抬起下巴，半瞇著眼睛，接受大家的歡呼。然後他緩步穿過群眾，一路輕輕點頭，接受大家的祝賀，最後跳上高聳岩，站在藍星旁邊。「雷族的族貓們，」他大聲喊道，「我很榮幸能擔任副族長一職，我從沒想過可以擁有這份殊榮，在獅心的靈魂面前我發誓，我會竭盡所能地為你們服務。」他慎重地低下頭，睜大黃色的眼睛看了看下方的貓群，然後從高聳岩一躍而下。

火掌聽見烏掌在他旁邊喃喃低語：「完了！」他轉頭好奇地瞄了自己的朋友一眼。烏掌的頭垂得低低的。「她不應該選他的！」他低聲說。

「你是說虎爪嗎？」火掌低聲問。

「自從他收拾了紅尾以後，就一心想當副族長……」烏掌欲言又止。

「收拾紅尾？」火掌重複這四個字，滿腦子疑問。烏掌知道什麼內情嗎？莫非他在大集會上說的那段故事是真的？紅尾的死，虎爪難辭其咎？

第十八章

「你是不是在跟火掌講，我當初是如何保護紅尾的？」

火掌只覺得背脊一陣冰涼。

烏掌猛地轉身，驚恐的雙眼睜得斗大。虎爪傾身俯看他，收緊下巴，發出威嚇的低吼。

火掌趕忙跳起來，面對新任副族長。「他剛剛是說，他真希望你能早一步回來保護獅心，就這樣。」他說，腦袋飛快地盤算著。

虎爪看了看他們兩個，不吭一聲地轉身離去。烏掌綠色的眼睛露出驚恐的神情，身體不自覺地發抖。

「烏掌？」火掌警覺地說。

但烏掌看都沒看他一眼，低著頭悄悄溜回灰掌身邊，將黑色的身軀緊緊抵住灰掌毛茸茸的身軀，彷彿自己很冷似的。

火掌無助地看著這兩個朋友蜷伏在獅心旁邊，他不知道自己究竟該怎麼辦。他緩步踱向他們，在他們身邊坐下，準備一起守夜。

月亮已經偏斜，其他貓也過來守夜。藍星最後才到，她一來，營地立刻陷入一片沉默。她什麼話也沒說，坐得遠遠的，悲痛地望著她死去的副族長，火掌不忍心多看，把頭撇向一邊。

黎明時分，一群長老過來搬運獅心的屍體，準備送去安葬。灰掌跟去幫忙挖掘這名偉大戰士的安息之所。

火掌打了個哈欠，伸了伸懶腰，他覺得全身冰冷，而且冷到骨頭裡。落葉季幾乎已經到來。林子裡盡是氤氳薄霧，葉叢外，隱約可見玫瑰紅般的晨曦。他看見灰掌和長老們一起消失在露水潤澤的矮樹叢間。

烏掌迅速起身，快步回到見習生窩裡。火掌慢慢跟上去。等他進到窩裡時，那隻黑貓已經蜷伏身體，將鼻頭塞進尾巴下方，似乎睡著了。

火掌累到不想說話。他也蜷伏起身體，躺在自己的青苔床上，打算好好地睡一覺。

「快起床！」

火掌聽見塵掌在見習生住處的入口喊著。他睜開眼睛。烏掌已經醒了，坐直身體，豎起雙耳。在他旁邊的灰掌也驚醒了，火掌很訝異灰掌竟然在，他根本沒聽見灰掌回來。

「藍星要再次召開會議。」塵掌吼道，然後低著頭，走出蕨葉叢。

三名見習生爬出溫暖的窩。已經過了正午，空氣比之前還要寒涼。火掌全身發抖，肚子咕嚕咕嚕叫。他不記得上次進食是什麼時候了，他甚至懷疑自己今天有機會吃東西嗎？

火掌、灰掌、烏掌快步走進高聳岩下方的貓群裡。

虎爪正在藍星旁邊對族貓說話。「經過昨天那場戰役，我們的族長又失去了一條命，現在她的九條命只剩下四條了，因此我要指派一位貼身保鑣來守護她的安全。只有保鑣在場，你們才能接近她。」他那琥珀色的眼睛瞄了烏掌一眼，然後又回到群眾身上。「暗紋和長尾，」他繼續說，目光瞄準那兩位戰士，「就由你們來擔任藍星的貼身保鑣。」

暗紋和長尾自負地點點頭，挺直坐姿。

這時藍星開口說話了。和副族長那中氣十足的命令語調相比，藍星的聲音顯得溫和平靜多了。「謝謝你，虎爪，謝謝你的忠心，不過族貓們必須知道我還是很願意為他們服務，所以大家千萬別因為這樣而不敢來找我，我很樂意和任何一位族貓交談，不管貼身保鑣在不在，都一樣。」說到這裡，她的目光往虎爪的方向瞄了一眼。「因為戰士守則明言規定，部族的安危在任何族貓之上。」她停頓了一下，那湛藍的眼睛在火掌身上稍作停留。「現在，我想邀黃牙加入我們雷族。」

一些戰士發出驚嘆。藍星看看霜毛，她點頭同意，其他貓后則靜靜觀望。

藍星繼續說：「她昨夜英勇抗敵的行為，證明了她的勇敢與忠誠。如果她願意的話，我們會舉臂歡迎她成為雷族的一分子。」

黃牙站在一旁，抬頭望向族長，喃喃說道：「這是我的榮幸，藍星，我接受妳的邀請。」

「很好，」藍星說，語調堅定，彷彿就此定案。

火掌開心地喵嗚一聲，推推灰掌。他很驚訝自己竟然很在意藍星願意在公開場合肯定黃牙。

藍星再度開口說話。「昨天晚上，我們成功地擊退影族，但他們的威脅仍在。今天我們還是要繼續補強防禦工事，疆界也要經常巡守，因為我們不知道戰爭到底結束了沒有。」

虎爪站起身，尾巴揚得高高的，他看著下方的族貓。「影族趁我們離開時發動攻擊，」他大吼道，「他們未免來得太巧了吧，怎麼知道我們營裡少了大將？莫非他在這裡布有眼線？」

看見虎爪冷冷地瞪著烏掌，火掌不覺打了寒顫。其他貓順著副族長的目光疑惑地看向烏掌。只見烏掌低頭看著地面，腳掌緊張地在地上磨蹭。

虎爪繼續說：「現在離太陽下山還有一點時間，我們得集中精神重整營地。如果你們還有疑問或意見，可以跟我說，你們放心，我一定會保密。」他點頭示意，解散了族貓，然後轉身對藍星咬耳朵。

貓兒們各自帶開，向營地四周移動，評估損壞情形，準備展開修復工作。

「烏掌！」火掌喊道，到現在他還是很驚訝，虎爪竟然在大家面前暗示自己的見習生可能是叛徒。但烏掌沒理他，趕緊跑掉。火掌看見他去找半尾和白風暴，說要幫忙他們收集樹枝來修補營地的缺口。顯然烏掌並不想談那件事。

「我們一起去幫他。」灰掌提議，但聲音顯得疲憊，沒什麼勁兒，眼神呆滯。

「你先去，我隨後就到。」火掌回答，「我得先去找黃牙，看她那天有沒有被黑足弄傷。」

他在坍倒樹幹的床鋪旁找到黃牙。黃牙在樹蔭下伸懶腰，一副若有所思的樣子。

「火掌，」她一見他便開心地說，「真高興你來這裡看我。」

「我只是想看看妳情況如何。」火掌說。

「反正就是爛命一條，死不了的。」黃牙又像以前一樣伶牙俐齒。

「看得出來。」火掌承認，「妳還好吧？」

「腿傷又復發了，不過不礙事！」黃牙回答。

「妳到底是怎麼打敗黑足的？」火掌問，掩不住崇拜的語氣。

「黑足雖然長得高大，卻不夠聰明。我倒覺得和你打架，還比較有挑戰性呢。」

火掌本來以為她在開玩笑，但顯然不是。

她繼續說：「從他還是小貓的時候，我就認識他了。他一點也沒變，光長身體，不長腦袋。」

火掌在她身旁坐下。「我根本不訝異藍星邀請妳加入雷族，」他開心地說，「昨夜妳的確效忠雷族。」

黃牙抽抽尾巴。「照理說，一隻忠心的貓應該要對從小養他長大的部族效忠才對！」

「這麼說我應該效忠兩腳獸囉？」火掌直言。

黃牙賞識地看了他一眼。「說得好，年輕人。話說回來，你一向很有自己的想法。」

火掌感覺一陣難過，因為他突然想起獅心也說過同樣的話。「妳想念影族嗎？」他問黃牙。

黃牙慢慢瞇起眼睛。「我想念以前的影族，」她終於說，「以前的一切。」

「碎星擔任族長後，妳就不懷念了？」火掌好奇地問。

「沒錯，」黃牙小聲承認，「他徹底改變了影族。」她輕笑道。「他的口才很好，一旦打定主意，絕對能把黑馬說成白馬。也許當初我就是這樣被他蒙在鼓裡的。」老母貓看著遠方，陷入回憶。

「我敢說，你一定猜不出影族的新巫醫是誰？」火掌突然想起不久前在大集會裡聽到的消息，只不過感覺上好像是好幾個月前的事了。

他的話似乎將黃牙又拉回現實。「不就是鼻涕蟲嗎？」她回答。

「沒錯！」

黃牙搖搖頭。「他連自己的傷風感冒都治不好。」

「灰掌也這麼說！」他們開心地喵嗚了一會兒，然後火掌站起身。「妳先休息吧，有什麼需要，就告訴我。」

黃牙抬起頭說：「火掌，你走之前，我有件事想問你，聽說你們曾被大老鼠攻擊，你有流血嗎？」

「沒什麼大礙，斑葉已經用金盞花幫我敷過傷口了。」

「有時候金盞花的藥效還不夠，不能治癒大老鼠咬傷的傷口。你最好去長了大蒜的地方滾一滾。我記得營地入口不遠處好像有一片野蒜，大蒜可以幫你解毒。不過……」她自嘲地說，「但你那些朋友可能不會聽我的建議。」

「可是我會啊，謝謝妳，黃牙！」火掌說。

「小心點，小伙子。」黃牙注視著他好一會兒，才把下巴擱在前腳，閉上眼睛。

火掌走出黃牙的窩，朝著金雀花隧道走，打算去找大蒜。太陽已經西沉，他隱約聽見貓后們哄小貓睡覺的聲音。

「你要去哪裡？」暗處傳來一個聲音，是暗紋。

「黃牙要我去……」

「你不必聽那隻無賴貓的話！」戰士嘶叫，「快去幫忙修補缺口。今夜大家都不准離開營地！」他邊說邊甩尾巴。

「是的，暗紋。」火掌喵聲說，低頭表示服從，卻轉過身，小聲罵道：「暗你個頭！」然後朝營地邊緣走去，他看見灰掌和烏掌正忙著填補綠色圍籬上的缺口。

「黃牙還好嗎？」火掌一來，灰掌便問道。

「她沒事，她說大蒜對治療大老鼠咬傷比較有效，我本來要去找，可是暗紋命令我待在營地。」火掌說。

「大蒜？」灰掌說，「我倒想試試看，我的腿到現在還在痛。」

「我可以偷溜出去，找一些回來。」火掌提議。他很氣暗紋對他無禮，想找機會作弄他。「如果我從這個洞鑽出去，應該不會引起注意。我馬上就回來。」

烏掌皺著眉頭不說話，但灰掌卻點頭答應。「我掩護你。」他低聲說。

火掌感激地用鼻頭搓搓他，然後從圍籬缺口鑽出去。

他一出營地便去找野蒜，循著辛辣的氣味找到了大蒜。此刻太陽已沒入地平線，月亮高掛在紫羅蘭色的夜空。冷冽寒風襲來，吹亂了火掌的毛。他突然聞到風中有貓味。他小心嗅聞，是影族嗎？不是，是虎爪和另外兩隻貓。他又聞了一次，是暗紋和長尾！他們在這裡做什麼？

火掌好奇地壓低身體，準備追蹤下去。他穿過矮樹叢，躡手躡腳地潛行，盡量保持在下風處，這樣才不會被他們發現。戰士們就站在蕨葉叢的陰暗處，頭靠得很近。才一會兒功夫，火掌就來到可以聽見他們談話的範圍裡。

「其實星族早就知道，我的見習生打從一開始就不是一塊戰士的料，只不過我沒想到他會背叛我們。」虎爪怒聲說道。

火掌嚇得睜大眼睛，毛髮豎立。聽起來虎爪不只打算以暗示的方法來指控烏掌的背叛。

「你說你們去月亮石的時候，烏掌失蹤多久？」

「久到夠來回影族營地一趟。」副族長居心不良地說。

火掌氣得毛髮倒豎。**根本不可能！**他想，**他一直和我們在一起啊！**長尾的聲音聽起來有些尖銳而興奮：「他一定是偷偷去通風報信，說雷族族長和最強壯的戰士已經離營，不然他們怎麼正好選在那時候攻擊我們呢？」

「現在只剩下我們雷族可以和影族對抗，我們一定要團結一致。」虎爪說，他的語調變軟，似乎在等別人接話。

暗紋搶著答腔，彷彿自己仍是虎爪的見習生，急著回答師父提出的狩獵技巧問題。他的話讓火掌不寒而慄：「像烏掌這種叛徒，雷族不要也罷！」

「我同意你的看法，暗紋。」虎爪喃喃地說，帶著情緒。「雖然他是我見習生……」他拖著尾音，好像很難過似的，連話都說不出來了。

火掌聽夠了。他把找蒜的事擱下來，轉身離開，盡可能安靜且迅速地趕回營地。

他決定不告訴烏掌聽到的事，因為他要是知道了，一定會很害怕。火掌心裡很亂，他該怎麼做呢？虎爪是副族長，也是偉大的戰士，受到族貓愛戴。他們不會相信一個見習生的指控。可是烏掌有危險啊！火掌甩甩頭，試圖釐清自己的思緒。他只能這麼做了，他必須把剛剛聽到的事告訴藍星，想辦法說服她，讓她相信他說的都是實情。

第十九章

火掌回來時，灰掌和烏掌還在填補缺口，只留一個大小剛好夠他鑽進來的洞。

「運氣不好，沒找到大蒜，」火掌喘吁吁地爬了進來，「暗紋一直在那附近走來走去。」

「沒關係，」灰掌說，「我們明天再去找。」

「我去斑葉那裡幫你要些罌粟籽。」火掌提議，因為他還是有點擔心他朋友的心情，以及由疼痛所引起的肌肉僵硬。

「別麻煩了，不用擔心我，」灰掌說，「我沒事的。」

「一點也不麻煩。」火掌堅持，然後趕在灰掌拒絕之前，一溜煙地衝往斑葉的窩。

她正在小空地上走來走去，眼神憂愁。

「妳還好嗎？」火掌問。

「星族祖靈無法安息，我想祂們有話要對我說。」她說，尾巴不安地輕彈著。「你找我有什麼事？」

「我想灰掌可能需要一些罌粟籽來治腿傷，」火掌解釋，「他被大老鼠咬傷的地方還在痛。」

「失去獅心的痛苦，讓他的腿傷更不容易痊癒，他需要時間來復原，別擔心。不過你說得對，罌粟籽多少有點幫助。」斑葉走進窩裡，帶了一株乾燥的罌粟花穗出來。她把它小心地擱在地上。「只要搖一、兩顆出來給他吃就行了。」她說。

「謝謝，」火掌答謝，「妳確定妳沒事？」

「去看你的朋友吧！」斑葉避開他的目光。

火掌含住罌粟花穗，轉身離開。

「等一下！」斑葉突然喊道。

火掌滿臉期待地轉過身，看著她的褐色眼睛，只見她眼神灼灼地看著他。

「火掌，」她低聲說，「星族幾個月前，也就是在你加入我們雷族之前，曾經降旨給我。如今我感覺到祂們希望我將旨意的內容告訴你。祂們說，只有火救得了我們。」

火掌一臉困惑地看著斑葉。

但她眼中的熱情已褪。「小心點，火掌。」她又恢復原先的語調，然後轉過身。

「那，再見了！」火掌回答得不是很篤定。他慢慢地穿過蕨葉隧道。斑葉的話迴盪在他腦中，但他摸不著頭緒。為什麼她要告訴他這件事？火……根本是森林裡所有生物最大的敵人。

他沮喪地搖搖頭，跑回住處。

⚡⚡⚡

「灰掌！」火掌在他熟睡的朋友耳邊輕聲叫喚。他們熬夜做完防禦工事之後，終於獲准休息一整個早上。虎爪下令他們可以睡到中午再去受訓。當璀璨的日光透進見習生們的窩，火掌知道訓練時間快到了。

火掌幾乎一夜沒睡。每次他快睡著，就開始作夢。那夢很模糊、很混亂，他只覺得眼前一片幽暗，危機四伏。

「灰掌！」火掌又喊了一次，但他的朋友一動也不動。灰掌睡前吃了兩顆罌粟籽，現在睡得正沉。

「你醒了嗎？火掌？」烏掌的聲音從他的床鋪傳來。

火掌默默地嘆了口氣，他本來想趕在烏掌起床前，找灰掌說幾句話。

「醒了！」他回答。

烏掌從他的青苔和石南床上坐起來，快速地舔毛梳理。「你要叫他起來嗎？」他邊問邊朝灰掌看。

這時外面傳來一陣低沉的吼聲。「希望你能把他叫起來，訓練快要開始了。」

火掌和烏掌趕緊起身。

「灰掌，起床啦！」火掌用爪子去戳他的朋友，「虎爪在等我們了。」

灰掌抬起頭，兩眼充滿濃濃的睡意。

「你們準備好了沒？」虎爪喊道。

火掌和烏掌從窩裡爬出來，一看到外頭的強光，趕緊瞇起雙眼。

副族長端坐在樹樁旁。「另一個也會來吧？」他問。

「會，」火掌回答，他總覺得必須保護自己的朋友。「因為他才剛起床。」

「訓練對他有益無害，」虎爪大聲說，「他也難過得夠久了。」

火掌瞪著那雙琥珀色的邪惡眼睛好一會兒，他們像敵人般瞬間四目交會。

灰掌睡眼惺忪地從窩裡爬出來。

「火掌，藍星等一下會過來親自教你。」虎爪大聲地說。這句話讓火掌怒氣稍退。這是他第一次上族長的課！他好興奮。他原本以為受傷的藍星可能得休養一陣子。

「灰掌，」虎爪繼續說，「你就加入我的訓練課程好了。至於烏掌，你覺得你現在可以上課了嗎？」他瞪著他的見習生問，「我們在和大老鼠作戰時，你身上不是被扎了一堆針嗎？」

烏掌低頭看著地面。「我已經好了。」他說。

於是灰掌和烏掌跟著副族長走出營地，烏掌一路上都低著頭，大夥兒最後消失在金雀花隧道裡。

火掌坐在原地等藍星。藍星沒讓他等太久。這隻灰毛的族長從窩裡慢慢走出來，穿過空地。她傷口附近的毛仍然糾結成團，但從她自信的腳步看得出來她已無大礙。「走吧！」她喊他。

火掌很訝異她身邊沒有保鑣，暗紋和長尾不見蹤影。一個念頭倏地閃過，他不免興奮起來，甚至還有點緊張——這是個好機會，他總算可以告訴藍星昨夜聽到的事。

他跟著她往金雀花隧道走去，和她保持一步的距離。「妳今天沒有保鑣嗎？」他小心翼翼地問。

藍星頭也不回地答道：「我命令暗紋和長尾待在營地幫忙修繕工事。確保雷族營地安全，才是第一要務。」

火掌的心跳加快。只要他們一離開營地，他就能告訴她烏掌的事了。

兩隻貓循著小徑，來到訓練沙坑。小徑上到處是金色落葉，在他們腳下沙沙作響。火掌腦中飛快地盤算，想找出最適當的字眼。他應該怎麼告訴他的族長？說虎爪設計想除掉自己的見習生？要是藍星問他為什麼，他該怎麼回答？還是他乾脆直接說他懷疑虎爪殺了紅尾？只不過他沒有明確證據，唯一的證據是烏掌在大集會上講的那段精采故事。

等他們抵達沙坑時，火掌還是沒能開口。沙坑空蕩蕩的。

「我要虎爪今天帶他們到林子裡受訓。」藍星一邊走進沙坑，一邊說。「今天我要專門訓練你的打鬥技巧。我希望你好好學，不要分神。」

我現在一定得告訴她，火掌想，**她必須知道烏掌有危險。**他焦慮到爪子微微刺痛。**以後恐**

怕找不到這樣的機會了……

突然間他的眼角餘光瞄見有個身影一閃而過。一團灰色的影子從他鼻頭刷過，火掌踉蹌跌倒，因為他的前腳被下方不知道什麼東西給撞了一下。他重心不穩，掙扎著保持平衡，轉身一跳，只見藍星神情鎮定地坐在他旁邊。「你現在專心了沒？」她怒聲問道。

「對不起，藍星。」他急忙解釋，直視她的藍眼睛。

「這還差不多，火掌，你已經加入雷族好幾個月了，我看過你的打鬥方式。你和大老鼠搏鬥時，動作很敏捷，和影族戰士奮戰時，也夠凶狠。你在我們第一天碰面時，便智取了灰掌，而且也靠自己的智慧擊敗了黃牙。」她停頓了一會兒，然後壓低聲音，慎重地說。「可是有一天，你也可能遇到一位旗鼓相當的對手，他和你一樣動作敏捷、攻勢凶猛、懂得智取。所以我的責任就是教會你那一天該如何迎戰。」

火掌點點頭，虛心領受她的教誨。他讓所有的感官都保持在警戒的最佳狀態，也不再去想烏掌和虎爪的事情，林子裡的任何一絲腐味和細微聲響都逃不過他的偵察。

「現在讓我看看你的打鬥技巧，」藍星命令，「攻擊我吧！」

火掌看著她，開始評估眼前的情勢，盤算該怎麼下手。藍星離他只有三隻兔子身長的距離，體型是他的兩倍大，如果運用平常的爪擊和扭打技巧，恐怕徒勞無益。但要是直接猛力跳上她的背，或許可以讓她驟然失去平衡。她那雙銳利的藍色眼睛一直緊盯著他。火掌看著她，突然一躍而上。

他本來想直接跳上她的肩膀，但藍星早有防備。她突然低下身體，火掌想撞她，她卻後背著地，在地上翻滾，讓火掌無法得逞。他沒跳上她的背，反而撞上她朝上的腹部，當場被她用爪子給輕鬆揮開。火掌覺得自己像隻調皮的小貓，被她給擋下、甩掉。他撞向塵土飛揚的地面，喘吁吁地躺在地上，過了好一會兒才爬起來。

「你的策略不錯，但你的眼睛洩露了你的企圖。」藍星站起來，甩甩身上的塵土，這樣說。「現在，再試一次。」

這次火掌眼睛看著她的肩膀，但實際目標卻對準她的腳掌，打算等藍星跌坐下來時攻擊她。他得意地撲上去，沒想到藍星竟然跳開，害他跌了個狗吃屎。藍星算準時間，抓住火掌跌在地上的那一瞬間發動攻擊，將他強壓在地上。

「現在再找一些我料想不到的招數給我看吧。」她在他的耳邊說，然後放開他，退了回去，眼神帶著挑戰的意味。

火掌爬了起來，喘吁吁的，甩甩身體。就算是黃牙，也沒她那麼狡詐。他嘶地一聲往前一躍，這次他直接撲向藍星，他伸長前爪，但她卻用後腿站起來，用前爪將他揮開。他覺得滑腳，後腿不斷在地上亂扒，想穩住重心，但來不及了，還是重重摔在地上。

「火掌！」藍星等他爬起來，才沉穩地說：「你的力道夠猛，動作也快，但你必須學會控制自己的速度和身體重心，這樣才不會被我輕鬆破解。再試一次吧。」

火掌又退了回去，他全身髒污，氣喘吁吁，一再的挫敗令他火冒三丈，他決心這次要智取他的導師。他緩緩蹲下，往藍星那裡慢慢爬過去。她也學他蹲下來，朝他嘶吼。他抬起一隻前爪，揮向她的左耳，她低下頭，躲過攻擊，然後瞬間抬起身體，朝他撲去。火掌趕緊背著地，在地上翻滾，從她下方閃過，並趁機伸出後腿，朝她腹部一踢。藍星往後摔了出去，發出尖叫，跌在沙地上。

火掌翻身站了起來。他很高興自己打贏了，可是看見藍星躺在地上，突然想到她的傷口。他會不會又害她舊傷復發？他衝上前去，查看她的傷勢。還好她的眼睛炯炯有神，一臉欣慰。

「進步很多，」她喘著氣說，然後站起身，甩甩身體。「現在該我攻擊了。」她迅速撲向他，將他擊倒在地，然後又退了回去，當他一站起來，她又撲了上去。火掌死命苦撐，但還是被她輕而易舉地扳倒在地。

「火掌，別忘了我的體型，不要想以站姿迎戰，要用智取，如果你的速度快到足以躲開我，那就躲開。」

火掌爬了起來，準備再度迎接藍星的攻勢。不過這次他不再試著緊抓地面，而是輕踩地面，將重心放在腳尖。當藍星衝上來時，他立刻閃開，再用後腳挺起身體，揮動前爪，順勢將她推開。

藍星姿態優雅地四腳落地，轉過身來。「做得好，你學得很快！」她開心地說，「不過剛剛我那招還算容易應付，現在試試這招。」

他們的訓練課程一直進行到太陽快下山才結束。聽見藍星說「今天就訓練到這裡吧」，火掌鬆了一口氣。藍星看起來有點累，動作略顯僵硬，但還是輕輕鬆鬆地跳離了沙坑。

火掌跟在她後面，全身肌肉酸痛，腦袋裡塞滿剛剛學到的東西。他們一起穿過林子。他等不及要告訴灰掌和烏掌他今天學到的技巧。等到他們快走到營地邊緣時，火掌才突然想起他忘了告訴藍星有關烏掌的事。

第二十章

火掌回到家時，營地已經復原了一部分。這一整天下來，貓兒們分組修繕，霜毛和金花到現在還忙著補強育兒室的圍籬，而外牆顯然已經很紮實了，滴水不漏。

火掌緩步穿過空地，想看看有沒有生鮮獵物可吃。他經過沙掌和塵掌身邊，他們正打算去接巡邏任務。

「對不起，」沙掌說，她看見火掌正滿懷期待地嗅聞進食區。「我們把最後兩隻老鼠給吃了。」

火掌聳聳肩，他可以晚一點再去抓獵物。他走回住處，看見灰掌坐在地上舔著前爪，背倚著樹樁。

「烏掌呢？」火掌坐下來，順便問道。

「還在執行任務吧，還沒回來。」灰掌回答，「你看！」他伸出爪子給火掌看。他的腳掌被劃破，正在流血。「虎爪要我去抓魚，害我在河裡被尖銳的石頭給割傷。」

「傷口好像很深，你應該去找斑葉，讓她幫你看看。」火掌提議，「對了，虎爪派烏掌去哪裡？」

「我哪知道啊？當時我整個肚皮浸在冰冷的河水裡。」灰掌喃喃說，他站起身，一拐一拐地往斑葉的窩走去。

火掌定下心來，兩隻眼睛來回巡視著入口和營地，等烏掌回來。自從昨晚偷聽到他們的對話之後，他就很擔心他的朋友會遭遇不測。這時他看見虎爪獨自走進營地，心裡不免沮喪。他只好繼續等。月亮已經高掛在天空，烏掌早該回來了吧？火掌後悔自己沒把握機會告訴藍星那件事。他看見暗紋和長尾正在她的洞穴外守衛。他當然不希望他們聽見他跟藍星提的事。

虎爪帶回一些生鮮獵物，此刻正與白風暴在戰士窩前面享用。火掌知道自己很餓，也許應該出去狩獵，或許能在營地外頭遇見烏掌。正當他猶豫不決時，突然看見烏掌緩步穿過營地入口。他鬆了一口氣，但絕不是因為烏掌叼著生鮮獵物的關係。

烏掌直接朝火掌走來，將嘴裡的食物丟在他面前。「這足夠我們三個一起吃了。」他驕傲地說，「而且味道一定很棒，因為這是從影族領土上獵捕來的。」

火掌倒抽一口氣。「你去影族那裡狩獵？」

「這是他派給我的任務。」烏掌解釋。

「虎爪派你去敵人的地盤狩獵？」火掌一臉難以置信的表情，「我們一定得告訴藍星，這太危險了！」

烏掌一聽見藍星的名字，便搖頭，露出驚懼的眼神。「拜託你，別大驚小怪好不好？」他低聲說，「我又沒死，而且還抓到一些獵物，拜託你別張揚。」

「你是這次沒死！」火掌罵道。

「噓！虎爪在看我們。快吃你的東西，別說話了！」烏掌厲聲打斷他。火掌只得聳聳肩，低頭咬一口獵物。烏掌吃得很快，刻意躲開火掌的目光。「我們要不要留一點給灰掌？」過了一會兒，他問。

「他去找斑葉了，」火掌含著食物咕噥地說，「他的腳掌被割傷了。我不知道他什麼時候會回來。」

「好吧，如果你想留，就留給他。」烏掌回答，語氣突然變得很疲憊。「我累了，想去睡覺了。」他站起來，走進窩裡。

火掌留在外頭，看見營裡其他貓都準備就寢了。他必須告訴烏掌昨夜在林子裡偷聽到的事。烏掌得搞清楚自己的處境到底有多危險。

此時虎爪正躺在白風暴旁邊，和他分享舌頭，一隻眼睛卻牢牢盯住見習生們的窩。火掌故意打哈欠，讓虎爪以為他累了。然後他站起身，跟著烏掌走進窩裡。

烏掌睡著了，火掌從他的腳掌和頰鬚抽動的模樣，知道他在作夢。從他不時發出的低泣和細微的吱叫聲來看，肯定不是在作什麼美夢。突然這隻黑貓跳了起來，眼睛睜得又圓又大，毛髮倒豎，弓著背。

「烏掌！」火掌趕緊說，「你別緊張，你是在我們窩裡，這裡只有我！」

烏掌驚慌地朝四周張望。

「是我！」火掌又說了一遍。

烏掌眨眨眼，似乎認出他的朋友，接著躺回自己的床鋪。

「烏掌，」火掌嚴肅地說，「有件事你必須知道。我昨夜出去找野蒜時，偷聽到一件事。」

烏掌眼睛看向別處，顯然還陷在那場惡夢的陰影裡，全身發抖，不過火掌堅持要把話說清楚。「烏掌，我聽見虎爪告訴暗紋和長尾，說你背叛雷族。他告訴他們，你曾趁去月亮石的時候，偷偷溜走，跑去告訴影族營地裡缺乏守衛。」

烏掌跳起來，轉身面對火掌。「我沒有！」他驚恐地大喊。

「你當然沒有！」火掌同意，「可是暗紋和長尾認定你有，而且虎爪已經說服他們，最好除掉你。」

烏掌不發一語，呼吸變得急促。

「烏掌，為什麼虎爪想除掉你？」火掌小聲問，「他是雷族最強壯的戰士之一，你怎麼可能對他造成威脅呢？」火掌知道自己或許已經有了答案，但他還是想從烏掌口中聽到真相。烏掌似乎有話要說，火掌等著他開口。

最後那隻黑貓爬近火掌身邊，用沙啞的聲音在他耳邊說：「因為殺死紅尾的，不是河族副族長，而是虎爪。」

火掌默默點頭，烏掌繼續說，但聲調很緊張。「是紅尾殺了河族副族長……」

「所以橡心不是虎爪殺的。」火掌忍不住打岔。

烏掌搖搖頭。「不是，不是他殺的，紅尾殺了橡心之後，虎爪就命令我回營地，我想留下來，他卻對我大吼，要我回去。結果我跑進林子裡，我本來應該回營地的，可是他們還在打鬥，我怎麼能離開呢？於是我偷偷跑了回去，想看虎爪需不需要幫忙。結果我發現河族戰士都跑光了，只剩下紅尾和虎爪。當時紅尾正注視著最後一個落荒而逃的戰士，而虎爪……」烏掌停了一下，語氣有些哽咽，「虎爪竟撲向他，往他脖子一咬，紅尾當場倒地死亡。我嚇得拔腿就跑，也不知道虎爪有沒有看見我。我一直跑一直跑，最後跑回營地。」

「你為什麼不告訴藍星？」火掌小聲追問。

「她會相信我嗎？」烏掌的眼珠狂亂地轉動著，「你相信我嗎？」

「我當然相信你。」火掌說。他舔舔烏掌的額頭，試圖安慰老友，穩定他的情緒。他一定要找機會告訴藍星虎爪的陰謀。「別擔心，我來解決。」他允諾，「記住這陣子一定要跟緊我或灰掌喔。」

「灰掌知道這件事嗎？他知道他們要除掉我嗎？」

「還不知道，我會告訴他的。」

烏掌安靜地躺下來，瞪著前方。

「別擔心，烏掌，」火掌說，並用鼻頭輕觸烏掌精瘦的黑色身軀。「我會幫你解決這件事的。」

⚡⚡⚡

黎明時，灰掌走進窩裡。沙掌和塵掌才卸下巡邏任務不久，正在床鋪上睡覺。

「嗨！」灰掌的語氣聽起來比前幾天開心。

火掌立刻醒了過來。「你聽起來好多了。」他說。

灰掌舔舔火掌的耳朵。「斑葉在我的腳掌上塗了一種黏黏的東西，然後要我靜臥幾個小時，結果我大概睡著了。對了，門口那隻燕雀是留給我的吧？我餓死了！」

「是啊！是烏掌昨天抓回來的，虎爪派他去……」

「你們兩個安靜點好不好？」沙掌怒斥，「我們還要睡覺呢！」

灰掌轉動著眼珠子。「走吧，火掌！」他說，「斑臉生小貓了，我們去看看他們。」

火掌開心地喵嗚答應。至少這是一件值得雷族高興的事。火掌低頭看看烏掌，他還在睡覺。

火掌緩步走出處，跟著灰掌一起穿過空地，往育兒室走去。太陽已經升起，照得他全身暖烘烘的。他敞開四肢，盡情地伸展自己的背和腿。

「別在那裡賣弄了！」灰掌回頭喊他。火掌停止動作，一路跳躍，跟上他的朋友。

白風暴正坐在育兒室的外頭守衛。「你們兩個是來看剛出生的小貓嗎？」看見灰掌和火掌往這裡走來，他這樣問道。

火掌點點頭。

「一次只能進去一個，可是你們得先等一下，因為藍星正在裡頭。」白風暴告訴他們。

「好。那你先進去，」火掌提議，「我趁這個空檔，先去看看黃牙。」他有禮貌地朝白風暴點點頭，然後往黃牙的窩走去。

那隻老貓正在舔舐耳後，眼睛半閉著，神情很專注。

「不要告訴我，妳預測老天馬上要下雨！」火掌戲謔地說。

黃牙抬眼看他。「你聽太多長老的故事了，」她說，「如果快下雨，那幹嘛還要舔舐自己的耳朵？」

火掌的頰鬚頑皮地抽了抽。「你要不要去看斑臉的小貓？」他問。

黃牙的身體變得僵硬，她搖搖頭說：「他們不會歡迎我的。」她沒好氣地說。

「可是他們知道妳曾經救了……」火掌開口說。

「母貓都很保護剛出生的小貓，尤其是第一胎，我看我還是離他們遠一點比較好。」黃牙一副意興闌珊的模樣。

「隨便妳，不過我會去看他們。再怎麼講，營裡有小貓誕生，總是個好兆頭啊。」黃牙聳聳肩。「有時候的確是這樣。」她語焉不詳地說。

火掌轉身，慢慢往育兒室走去。雲層遮住太陽，空氣涼快多了。一陣刺骨的寒風灌進他的毛裡，空地上的落葉沙沙作響。

藍星正坐在育兒室外面，灰掌的尾巴消失在她身後的狹窄入口。「火掌，」她向他打招呼，「你是來探望雷族剛出生的戰士嗎？」雷族族長的語氣聽起來很疲憊、憂戚。

火掌一臉驚訝。小貓的出生難道不是好消息嗎？

「沒錯！」他回答。

「等你看完他們，到我洞裡來一趟。」

「是的，藍星。」火掌說，藍星起身走開。火掌興奮得全身毛髮直豎，機會又來了，他又可以單獨和藍星交談，也許星族正暗中幫助他。

灰掌從育兒室裡爬出來。「他們好可愛哦，」他說，「可是我餓壞了，我要出去找點獵物吃。如果有捕到的話，我會幫你留一點。」他朝火掌調皮地眨眨眼，便跳開了。

火掌開心地和他道別，然後抬眼看看白風暴。白風暴點點頭，同意他進去，他才低身擠進狹窄的入口。

斑臉的窩裡擠著四隻小貓，除了一隻小公貓是深灰色的，其他三隻都是淺灰色帶深色斑點，跟他們的媽媽長得一樣。他們在斑臉的懷裡喵嗚蠕動，眼睛還沒張開。

「妳還好嗎？」火掌低聲問。

「有點累，」斑臉回答，她驕傲地看著懷裡的小貓，「還好他們都很健康。」

「雷族何其有幸，能有這些小貓出生，」火掌說，「我剛剛還在和黃牙聊到這些小貓呢。」

斑臉沒有答腔，但火掌看到她眼裡閃過一絲憂愁，順勢將一隻不知道自己該躺在哪裡的小貓給塞進懷裡。

火掌不免擔心，藍星或許接納了黃牙，但其他貓看來還是不太相信那隻老貓。他用鼻頭親切地碰碰斑臉的身體，然後轉身走出去。

族長在巢穴的入口處等火掌，長尾就坐在她旁邊。這隻淺色的虎斑貓一看見他靠近，立刻緊緊盯住他。火掌無視於他的目光，滿臉期待地走向藍星。

「進來吧！」她說完轉身帶路。火掌跟在她後面，長尾立刻起身，似乎也想跟進去。

藍星回頭看了他一眼。「我認為我和火掌在一起很安全。」她說。長尾的表情似乎不太肯定，過了一會兒，他終於決定坐下來，守在門口。

火掌從來沒進過藍星的窩。他跟著她穿過入口處的地衣簾幕。「斑臉的小貓好可愛哦。」他說。

藍星看起來很嚴肅。「是很可愛，但這也代表又多了幾張嘴得餵飽，禿葉季很快就到了。」然後她看著火掌，火掌掩飾不了他的驚訝。「唉，別理我。」藍星說，還不耐地搖搖頭。「每次第一道冷風吹起時，我總是特別容易胡思亂想。進來吧，自己找個地方坐下。」她朝一處乾燥的沙地點點頭。

火掌把肚皮壓在地面，坐了下來，伸直前掌。

藍星則蜷伏在她的青苔床上。「昨天的訓練讓我到現在都還腰酸背痛，」她把自己安頓好，尾巴捲在腳底下後，才脫口承認。「昨天你打得很好，小伙子。」

這是他頭一次沒因為她的讚美而樂昏。他心跳得很厲害。這是絕佳的機會，可以趁這個時候告訴藍星自己對虎爪的疑慮。他抬起下巴，打算要說。

但藍星卻搶先開口，她的目光越過他，望向遠處的穴壁。「到現在我還聞得到營地裡的影族臭味，」她喃喃說，「我希望有生之年別再見到敵貓破營而入的場面。」火掌默默地點頭，直覺藍星有很多話要說。

「造成這麼多死亡的慘劇。」她嘆口氣，「先是紅尾，然後是獅心，但還是要感謝星族的庇佑，至少活下來的戰士也都像他們一樣強壯和忠心。現在有虎爪當副族長，雷族還是有能力保護自己的。」火掌的心直往下沉，背脊一陣寒涼，但藍星卻繼續說，「以前虎爪還年輕時，我曾擔心他企圖心過盛。旺盛的企圖心需要小心疏導才行，但現在看見大家都這麼敬愛他，讓我為他驕傲。我知道他有野心，但這種野心可以讓他成為我所見過最勇猛的貓。」

火掌這下終於知道他是不可能在藍星面前說虎爪的不是了。畢竟藍星現在必須仰賴她的副族長來保衛雷族。他得靠自己去救烏掌。他深吸一口氣，緩緩地眨眨眼睛，這樣藍星如果轉身看他，就不會看見他眼裡的震驚與失望了。

接下來她的話還是很平靜，但沒有掩飾她的憂心。「你也知道碎星一定會回來，他在大集會上已經說得很明白，他要的是所有領土的狩獵權。」

「我們擊敗過他一次，下次還是可以擊敗他。」火掌堅稱。

「你說得對，」藍星難得俏皮地點點頭，「星族會以你的勇敢為榮的，火掌。」她停頓了一會兒，開始舔她身側的傷口。「我想告訴你一件事，在和大老鼠的那場戰役中，我失去的不是第五條命，而是第七條命。」

火掌坐得筆直，神情震驚。

藍星繼續說：「我故意騙族貓那是我的第五條命，因為我不想讓他們擔心我的安危。換句話說，再失掉兩條命，我就得離開你們，加入星族的行列了。」

火掌忍不住去猜測藍星為什麼要告訴他這件事？「藍星，謝謝妳告訴我這件事。」他敬畏地說。

藍星點點頭。「我累了，」她用粗嘎的聲音說，「你下去吧，對了，火掌，今天告訴你的事，千萬別對其他貓說。」

「我知道，藍星。」火掌一邊答應，一邊小心翼翼地穿過地衣簾幕。

長尾仍坐在入口處。火掌經過他身邊，往自己的窩走去。和藍星的那番談話讓他完全失去了方向。

突然育兒室那裡傳來驚恐的叫聲，他嚇得停下腳步。霜毛衝進空地，尾巴的毛倒豎，眼睛瞪得大大的。「小貓！我的小貓不見了！」

虎爪跳到她面前，大聲呼叫族貓展開搜查行動。「快點，快去搜查營地！白風暴，你待在原地，戰士們，快去營地邊界巡一巡，見習生們，快去各個窩裡找一找。」

火掌衝進最近的窩——戰士們的窩。他鑽了進去，裡面是空的。他用爪子耙抓每一張床，可是都沒看到霜毛的小貓，也沒聞到他們的氣味。

他衝出外面，跑進自己的窩裡。烏掌和灰掌已經在裡頭，正在翻找每個床，嗅聞每個角落。塵掌和沙掌到長老的住處尋找。火掌沒理他們，自顧自地在一叢叢草堆裡翻找，他用鼻子到處嗅聞，無視於蕁麻的扎鼻。可是完全沒有剛出生小貓的蹤影。他又到營地邊界去找，戰士們也來回搜尋，緊張地嗅聞空氣。

突然，他遠遠看見黃牙。她正費力穿過沒有圍籬防衛的蕨葉叢。他想，她大概是聞到什麼氣味了，於是往她消失的那處蕨葉叢跑去，可是等他跑到那裡時，她已經走了。他嗅聞空氣，沒有小貓的氣味，只有黃牙身上傳出的恐懼。她在怕什麼？火掌很納悶。

虎爪的吼聲在育兒室後方的灌木叢響起。所有的貓都衝向他，霜毛一馬當先。大家擠成一團，搶著想看清楚矮樹叢下的動靜。火掌一路嗅聞，最後看見虎爪站在一團毛茸茸的東西旁邊。那是一具動也不動的花貓屍體。

斑葉！

火掌不可置信地瞪著那具了無生息的軀體，難掩滿腔的憤怒，熱血沸騰。是誰幹的？

藍星穿過群眾走上前，彎身去看巫醫。「她是被戰士給一掌打死的。」她輕聲說。

火掌伸長脖子，想看清楚斑葉頸上的傷口，但卻覺得暈眩，淚眼模糊。

沉浸在悲傷裡的他，聽到背後傳來族貓憤憤不平的聲音，音浪愈來愈大。

「黃牙不見了！」

第二十一章

「黃牙殺死斑葉，偷走了我的小貓！」霜毛發出尖叫。其他貓后衝到霜毛身邊，輕舔她的毛，試圖安撫她的情緒。但霜毛不理她們，她衝出群眾，對著夜空哀號。天空也似乎在回應她的悲痛，跟著發出不祥的隆隆雷聲，一陣寒風襲來，吹亂了她的毛。

「黃牙！」虎爪吼道，「我就知道她不是好東西。現在我們總算知道她是怎麼擊退影族副族長的。這都是設計好的，目的是潛入我們雷族。」

閃電當頭，一道白花花的亮光為虎爪的怒斥聲劃下句點，林子裡傳出隆隆作響的雷擊聲。

火掌無法相信眼前所聽到的一切。他很難過，心慌意亂，黃牙真的殺了斑葉嗎？

就在這一片竊竊私語中，暗紋的聲音尤其顯得響亮。「藍星，妳怎麼說？」

大夥兒立時噤聲，回頭去看他們的族長。

藍星的目光掃過貓群，落在斑葉身上。天空落下第一滴雨，掉在巫醫那動也不動的光滑毛皮上，像露珠閃閃發亮。

藍星緩緩眨著眼睛，神情哀傷，火掌有點擔心這個噩耗會擊垮她。可是當她再度睜開眼睛時，眼裡卻閃著銳利的目光，顯示她決心為這次殘酷的攻擊事件展開復仇。她抬起頭。「如果是黃牙殺了斑葉，偷了霜毛的小貓，那麼我們絕對要追殺她。」一群眾附議。「可是我們必須先等待，」藍星繼續說。「暴風雨快來了，我不願意再平白犧牲掉任何一條生命。如果是影族抓走我們的小貓，我想那些小貓不會立刻遭遇不測。我懷疑碎星是想吸收他們成為新兵，再不然就是當成人質逼我們讓出地盤，給他們狩獵。等到暴風雨過後，我會立刻派一支巡邏隊去跟蹤黃牙，救回我們的小貓。」

「我們不能再浪費時間了，因為氣味很快就會被雨水沖走。」虎爪反駁。

藍星不耐煩地彈彈尾巴。「如果我們現在就派出一支巡邏隊，也是浪費時間，在這種天氣，等我們準備好要出發時，氣味早就散了。等暴風雨過了再行動，反而更有利。」

族貓們發出同意的低語聲。雖然是中午，天色卻比先前更陰暗。貓群被閃電和雷聲嚇得不知所措，紛紛同意族長的提議。

藍星看著自己的副族長。「虎爪，我想和你討論一下我們的計畫，可以嗎？」虎爪點點頭，緩步踱向藍星的窩。但藍星沒有立刻跟上去，她看了火掌一眼，以輕彈尾巴和抽動頰鬚等動作暗示她想和他單獨談話。

其他貓全都聚在斑葉身邊舔她，做最後的話別，他們的哀號蓋過隆隆的雷聲。藍星經過他們，走向通往斑葉窩的蕨葉隧道。

火掌也悄悄穿過貓群，跟在她身邊。蕨葉隧道非常陰暗，暴風雨完全掩蓋了早晨的陽光，彷若黑夜降臨。雨下得更大了，霹靂啪啦地打在蕨葉上，發出吵雜的聲響，但斑葉住的這片空地至少淋不到雨。

「火掌，」他一走近，藍星便急切地說，「你知道黃牙在哪裡嗎？」

火掌根本聽不見她在說什麼。他不由自主地想起他上次走進這片空地時的情景。當時斑葉正從窩裡出來，毛髮在陽光下閃閃發亮，他的心也跟著熾熱起來。他閉上眼睛，想永遠記住那一幕。

「火掌！」藍星厲聲說，「現在沒時間難過。」

火掌甩甩身體。「小貓失蹤後，我……我看見黃牙從營地邊緣溜了出去。妳真的認為是她殺了斑葉，帶走小貓？」

藍星鎮定地看著他。「我不知道，」她承認，「但我要你現在去找她，把她帶回來，我要她活著回來，我要查清楚真相。」

「你不派虎爪去找？」火掌忍不住問道。

「虎爪是很棒的戰士，但在這種情況下，他的忠心只會蒙蔽他的判斷力。」藍星解釋道，

「他鼓動族貓復仇，族貓會對他言聽計從。他們相信黃牙背叛了我們。如果虎爪認定他得靠黃牙的屍體來安撫民心，他是一定會去做的。」

火掌點點頭。她說得沒錯，虎爪絕對會先殺了黃牙再說。

藍星眼神堅定。「如果我查出黃牙是背叛者，我會親手殺了她，但如果她不是……」她的藍眼睛迎向火掌，「我也不會犧牲掉任何一條無辜的生命。」

「可是要是黃牙不肯回來呢？」火掌問。

「她會的，只要你開口，她就會回來。」

他很訝異藍星竟然對他這麼有信心。她指派的這個任務，讓他覺得壓力好大，他懷疑自己有沒有能力達成使命。

「快去吧！」她命令道，「不過要小心點，你得靠自己，因為外面可能有敵人的巡邏隊，這場暴風雨會暫時讓我們的戰士留在營裡。」

火掌衝出空地時，雷聲隆隆，大雨滂沱而下，像小石子似地打在他身上。一道閃電照亮暗紋和長尾的臉，他們看著他跑過空地。

火掌經過育兒室，一路往前跑，他不能在沒向斑葉告別的情況下就離開。其他貓都跑去躲雨了，巫醫的屍體獨自躺在大雨中。他們躲在溼淋淋的蕨葉底下，發出恐懼和迷惘的喵嗚聲。

火掌將鼻頭埋進斑葉溼透的毛裡，最後一次嗅聞她的氣味。「永別了，我可愛的斑葉。」他低聲說。

突然間附近傳來霜毛和斑尾的聲音，他豎直耳朵，一動也不動，繃緊神經仔細聆聽。

「黃牙一定有幫手。」斑尾怒聲說。

「她在雷族裡一定有內應。」霜毛焦慮地說。

「虎爪不是暗示過是烏掌嗎？也許他和這件事有關，我本來就不太喜歡烏掌。」

火掌背上寒毛倒豎。如果虎爪已經把惡毒的謠言散播到育兒室這種地方，那烏掌在營地裡恐怕待不下去了。

火掌知道他得快點行動。他必須先找到黃牙，然後再來處理烏掌的事。他衝向最後一次看見黃牙的地方。他太熟悉她的氣味了，所以還是能從溼淋淋的樹葉上聞到一絲她的味道。他穿過灌木叢，張著嘴巴，想搞清楚該往哪個方向走。

「火掌！」

火掌跳了起來，發現是灰掌在叫他，鬆了一口氣。

「我一直在找你！」他的朋友說完，衝到他身邊。

火掌小心翼翼地從蕨葉叢裡退了出來。

灰掌瞇著眼睛，雨水不斷從他長長的毛上滴落，甚至滴進他的眼睛裡。「你要去哪裡？」他問。

「去找黃牙。」火掌回答。

「自己去？」灰掌平板寬大的灰臉露出關切的神情。

火掌思考了一下，最後決定老實告訴灰掌。「藍星要我去找黃牙回來。」他說。

「什麼？」灰掌一臉驚訝，「為什麼派你去？」

「也許她認為我比較熟悉黃牙，可以更快找到她。」

「可是派巡邏隊不是比較容易找到她嗎？」灰掌直言，「而且虎爪是雷族裡最擅長追蹤的戰士，如果真想派誰去抓她回來，也是非他莫屬啊！」

「也許虎爪不會把她帶回來。」火掌低聲說。

「你這話什麼意思。」

「虎爪一心想復仇，只會殺了她。」

「可是如果是她殺了斑葉，帶走小貓……」

「你真的相信是她幹的？」火掌問。

灰掌看著他的朋友，迷惑地搖搖頭。「難道你認為她是無辜的？」他說。

「我不知道，」火掌承認，「藍星也不知道。她只想找出真相。這也是為什麼她要派我去，而不派虎爪去。」

「可是她可以命令虎爪活捉她啊……」灰掌後面的話被震耳欲聾的雷聲給淹沒，一道突如其來的閃電瞬間照亮了林子。

在眩目的亮光下，火掌瞥見霜毛氣沖沖地將烏掌從育兒室裡趕出來。那隻白色貓后的臉因憤怒而變形，她朝著年輕的黑貓怒聲嘶吼，撲了上去，在他後腿警告性地咬了一口。

灰掌轉身面對火掌。「這是怎麼回事啊？」他問。

火掌邊看著他的朋友，邊在心裡盤算。看來烏掌沒剩多少時間了，他得找灰掌幫忙才行。可是他的朋友會相信他嗎？狂風在他們頭上呼嘯，火掌必須提高音量。「烏掌現在有危險。」他說。

「什麼？」

「我得把他弄出雷族才行，就是現在，免得他遭遇不測。」

灰掌一臉迷惑。「為什麼？那黃牙的事呢？」

「沒有時間解釋了，」火掌說得很急，「你一定得相信我。一定有什麼方法可以把烏掌送走。藍星會命令戰士們留在營裡，直到暴風雨結束，所以我們沒剩多少時間了。」他在想雷族領土之外，還有哪些地方可以藏匿。「我們得把他送到虎爪找不到他的地方，一個不靠雷族，也能自己活下去的地方。」

灰掌看著火掌好一會兒。「大麥那裡怎麼樣？」

「大麥！」火掌重複一遍，「你的意思是帶烏掌去兩腳獸的地盤？」他的耳朵開始興奮地抽動。「好！這個點子不錯！」

「那我們快走吧！」灰掌說，「還等什麼呢？」

火掌總算鬆了一口氣，他就知道他可以信賴他的老朋友。他甩掉頭上的雨水，用鼻頭輕觸灰掌的毛。「謝謝你，」他說，「走，我們去找黃牙！」

他們先去看烏掌，他縮著身體躲在窩裡。沙掌和塵掌也待在自己的床上，看起來很緊張，害怕外頭的暴風雨。

「烏掌！」火掌穿過入口喊道。

烏掌抬眼張望，火掌抽了抽耳朵，於是烏掌跟他走了出去。

「走吧！」火掌低聲說，「我們要帶你去大麥那裡。」

「大麥？」烏掌一臉迷惑地問，在狂風暴雨下他瞇起眼睛。「為什麼？」

「因為在那裡比較安全。」火掌回答，並直直地看著黑貓的眼睛。

「你看見霜毛對我的態度了？」烏掌問，他的聲音不斷發抖。「我只是想去看小貓……」

「走吧！」火掌打斷他，「我們得快點！」

烏掌看著他的朋友。「謝謝你，火掌。」他低聲說，然後轉身跟著他們走入風雨之中，跳過空地。

三名見習生一起衝向空地入口，強風襲來，壓平了他們的毛。就在他們要走進金雀花隧道時，一個聲音喚住他們。

「你們三個！要去哪裡？」

是虎爪！

火掌馬上轉身，一顆心直往下沉。他不知道該怎麼辦，這時藍星大步朝他們走來。她皺皺眉，然後臉上表情豁然開朗。

「做得好，火掌！」她說，「原來你已經說服別人陪你一起去了。虎爪，如果他們願意在這種天氣一起出門辦事，就表示雷族的見習生真的很有勇氣。」

「這種時候怎麼出任務啊？」虎爪反對。

「斑臉的一隻小貓在咳嗽。」藍星的聲音異常冷靜，「火掌提議要去幫她找點款冬草回來。」

「他需要朋友跟他一塊去嗎？」虎爪問。

「在這種天氣，還能找到朋友同行，我覺得他蠻幸運的！」藍星回答，目光直視火掌。他突然明白她相信他。「你們三個去吧！」她說。

火掌感激地回望她。「謝謝妳！」他邊說邊點頭致意，然後看了兩個朋友一眼，便帶著他們沿著熟悉的小徑，一路往四喬木的方向跑去。狂風拍打過樹梢，在他們頭上怒吼，林木被風吹得彎腰，樹幹也發出吱嘎的聲響，彷彿隨時可能折斷。大雨從樹葉間傾洩而下，三隻貓全身溼透。

他們終於來到河邊，但以前用來過河的踏腳石全不見了。他們站在河邊，一臉無助地看著眼前湍急黃濁的河水。

「走這邊，」火掌說，「那裡有根倒下來的樹幹，我們可以用它來過河。」他帶著灰掌和烏掌走到上游，那裡有根樹幹橫倒在河面上，距湍急的河水只有一隻小貓的步伐。「小心點，樹幹很滑。」火掌警告，然後小心地跳上樹幹。樹幹的皮都被剝光了，只剩平滑潮溼的木頭可以踩。三隻貓小心翼翼地沿著樹幹過河。火掌先抵達對岸，然後看著他的朋友安全抵岸。

這一頭的林子比較粗壯，可以遮蔽狂風驟雨，他們肩並肩地繼續趕路。

「你到底要不要告訴我，為什麼要把烏掌送走？」灰掌氣喘吁吁地問。

「因為他知道虎爪殺了紅尾。」火掌回答。

「虎爪殺了紅尾！」灰掌的語氣帶著懷疑。他停下腳步，看看火掌，又看看烏掌。

「就是和河族交戰的那一次，」烏掌喘著氣說，「我親眼看見的。」

「可是他為什麼要這麼做？」灰掌反駁，再度邁開大步往前跑，他們一起衝下通往四喬木的那道斜坡。

「我也不知道，也許他以為藍星會任命他當副族長。」火掌迎著風大聲說。

灰掌沒有答腔，但臉色沉了下來。

他們開始爬上通往風族領土的陡坡。火掌在岩塊間跳來跳去，不時回頭朝著灰掌大喊，想讓他知道烏掌在雷族營地處境有多危險。「獅心被殺的那天晚上，我偷聽到虎爪和暗紋、長尾的談話。」他大吼，「他想除掉烏掌。」

「除掉他？你的意思是殺他？」灰掌一屁股跌坐在石頭上。

火掌也停了下來。他向下看了看他的朋友們。烏掌停在下方稍遠處，氣喘吁吁，腹部不斷起伏，溼淋淋的毛全黏在他精瘦的身體上，體型看起來比平常要小。

「你今天也看到霜毛怎麼對待烏掌了。」火掌對灰掌說，「虎爪一直在暗示大家，烏掌是叛徒，如今烏掌只有待在大麥那裡才安全。走吧！我們得快一點！」

他們根本無法在開闊的風族領土上說什麼話。因為這裡風勢強烈，雷電交加，三隻貓低著頭，頂著風前進。

他們終於抵達風族領土的邊緣。

「烏掌，我們不能再送你了。」火掌在強風中說，「我們得回去，趕在暴風雨結束前，先找到黃牙。」

烏掌在滂沱大雨中抬起眼睛，神情緊張，最後點點頭。

「你自己可以找到大麥吧？」火掌喊道。

「可以，我記得路。」烏掌回答。

「小心那些狗哦！」灰掌警告。

烏掌點點頭。「我會的！」突然他皺皺眉，「你們確定大麥會收留我？」

「你只要告訴他，你曾抓過一條蝰蛇！」灰掌回答，並用身體親切地頂頂他朋友那早已溼透的肩膀。

「快去吧！」火掌催促，他知道時間不多了，只能舔舔烏掌瘦弱的肩膀。「別擔心，我一定會讓大家知道，你沒有背叛雷族。」

「要是虎爪找我怎麼辦？」在狂風驟雨中，烏掌的聲音顯得細若游絲。

火掌堅定地看著他。「他不會找你的，我會告訴他你早死了。」

第二十二章

火掌和灰掌沿著原路回到雷族的地盤。兩隻貓精疲力竭，全身溼透，但火掌並沒有慢下腳步。暴風雨快過去了，雷族巡邏隊馬上就會出來搜尋黃牙的蹤跡。他們得先找到她才行。

儘管烏雲已經漸漸消失在地平線彼端，但天還是很暗。火掌想現在應該是黃昏了。

「我們為什麼不直接去影族的地盤？」他們跑下通往四喬木的斜坡時，灰掌這樣提議。

「我們得先嗅出黃牙的氣味和蹤跡，」火掌解釋，「但願她留下來的氣味不會帶著我們一路找到影族的地盤。」

灰掌看看身邊的朋友，沒有答腔。

他們又來到河邊，再度回到雷族的領土。這裡完全沒有黃牙的氣味，直到他們走進靠近營地的橡樹林。

雨已經停了，各種氣味又出現了。火掌只

希望大雨並未完全洗刷掉黃牙留下的痕跡。他停下來，用鼻尖輕刷過一株蕨葉，突然認出了那個熟悉的氣味。黃牙的恐懼氣味灌進他的鼻腔。「她是從這裡走的！」他說。

然後他穿過溼淋淋的矮樹叢，一路往前追，灰掌跟在後頭。雨勢變小了，雷聲愈來愈遠。時間不多，火掌加快腳步。

但令他驚慌的是，黃牙的氣味的確正帶著他們往影族的領土走。他的心不斷往下沉。難道虎爪的指控是真的？火掌開始希望有新的氣味引他們往別的方向走，但一直沒有。

他們來到轟雷路，停下腳步。幾頭怪獸呼嘯而過，濺起大片污水。兩隻貓在寬大的灰色路面邊緣等待，直到空檔出現，才趕緊衝過道路，進入影族的領土。

邊界的氣味記號令火掌的腳爪忍不住打顫。

灰掌也停下腳步，緊張地四處張望。「我一直以為要進入影族的領土，得有好幾個戰士陪同才行。」他承認。

「你不會怕吧？」火掌低聲說。

「你不怕嗎？我媽多次警告我，影族很臭。」

「我媽沒教過我這種事。」火掌回答。不過這倒是他頭一次慶幸自己身上的毛全溼淋淋地黏在身上，因為這樣，灰掌或許沒注意到其實他害怕到背上寒毛倒豎。

兩隻貓緩步往前潛行，留心四周的動靜。灰掌不時提高警覺，注意看有沒有影族的巡邏隊，火掌則擔心自己族的貓馬上會跟上來。

黃牙留下的氣味把他們帶到了影族狩獵場的中心位置。這裡的林子很陰暗，矮樹叢間盡是密密麻麻的蕁麻與刺藤。

「我聞不到她的氣味了。」灰掌抱怨，「這裡太溼了。」

「就在那裡。」火掌向他保證。

「不過我倒是可以聞到那個氣味。」灰掌突然說。

「什麼氣味？」火掌低聲問，警覺地停下腳步。

「小貓的味道，這裡有小貓的血跡。」

火掌又嗅聞了一次，仔細尋找雷族小貓的氣味。「我也聞到了。」他同意，「而且還有別的。」他突然拍打尾巴，要灰掌安靜，然後悄悄地用頰鬚示意前方那棵深色的白蠟樹。

灰掌有些懷疑地抽抽耳朵，但火掌肯定地輕輕點頭。他們分頭悄悄爬過柔軟的林地，用盡所有學過的基本技巧，壓低身體，輕聲前進。

他們一躍而起。

兩隻貓同時撲到黃牙身邊，將她壓倒在地，嚇得她驚聲尖叫。她好不容易掙脫，啐了一口，退回樹洞裡。火掌和灰掌趕緊移動位置，堵住她的去路。

「我就知道雷族會怪我！」她說，又出現以前的敵意目光。

「小貓呢？」火掌質問。

「我們聞到他們的血跡！」灰掌嚴厲地說，「妳有沒有傷害他們？」

「他們根本不在我這裡。」黃牙怒聲回答，「我是來找他們，想帶他們回去的。我停下來，是因為我也聞到血跡，可是他們不在這裡。」

火掌和灰掌面面相覷。

「他們真的不在我這裡！」黃牙堅稱。

「那妳為什麼要逃走？妳為什麼要殺了斑葉？」灰掌問出了火掌不願說出口的疑問。

「斑葉死了？」黃牙的語氣顯然很震驚。

火掌這才鬆了一口氣。「妳不知道這件事？」他低聲問。

「我怎麼會知道？我一聽到有小貓不見了，就趕緊離開營地來找。」

灰掌一臉懷疑，但火掌從她的語氣裡聽得出來她沒有撒謊。

「我知道是誰帶走小貓，」她繼續說，「我在育兒室附近聞到他的氣味。」

「是誰？」火掌問道。

「爪面，碎星的戰士。只要小貓還在影族手裡，隨時都會有生命危險。」

「我想影族應該不會傷害小貓！」火掌反駁。

「別那麼肯定，」黃牙不屑地說，「碎星打算把他們訓練成戰士。」

「可是他們才三個月大！」灰掌倒抽一口氣。

「這對他來說不算什麼，他成為族長之後，就常在訓練三個月大的小貓。等到他們五個月大，就把他們當戰士來用。」

「可是他們那麼小，怎麼作戰？」火掌反駁。但他突然想起在大集會上見到的影族見習生，他們的體型都很小，原來他們不是體型小，而是年紀輕，都只是小貓而已！

黃牙不以為然地說：「碎星根本不在乎。他有的是小貓，如果他們逃走，他就從其他族裡偷！」她的聲音滿是悲憤。「畢竟，這傢伙以前也殺過自己族裡的小貓。」

火掌和灰掌這下全嚇呆了！

「他殺死影族自己的小貓，為什麼沒被嚴懲？」火掌終於開口問。

「因為他撒謊！」黃牙氣得大吼。悲憤的情緒讓她的聲音有些粗嘎。「他誣賴我殺了他們，影族竟然相信他！」

火掌突然明白了。「所以妳才被趕出影族？」他問，「妳得和我們回去，把這些事告訴藍星。」

「我得先救出你們的小貓才行！」黃牙說。

火掌抬頭嗅聞空氣。雨勢已歇，風也漸漸停了。雷族的巡邏隊應該在路上了，他們在這裡不安全。

灰掌似乎還沒從黃牙的指控中回神過來。「族長怎麼可能會殺自己族裡的小貓呢？」他有些質疑。

「碎星堅持要從很小的時候就嚴格訓練他們，他帶了兩隻小貓出去接受作戰訓練。」黃牙深吸一口氣，「他們只有四個月大，等他把他們帶回來給我時，早已氣絕身亡，他們身上有抓傷和咬傷，全是戰士幹的，絕不是見習生。一定是他親自上場和他們對打，我根本使不上力。結果他們的母親來看他們。碎星就站在我旁邊，他說他發現我當時踩在他們的屍首上。」她聲音沙啞，往別的地方看。

「妳為什麼不告訴她，是碎星幹的？」火掌質問。

黃牙搖搖頭。「我不能。」

「為什麼不能？」

老母貓猶豫了一會兒。當她開口時，語調充滿悔恨。「碎星是影族的族長。偉大的鋸星是他的父親，所以他說的話就是法律！」

火掌難過地別過頭去。三隻貓靜靜地坐了一會兒。然後火掌才說：「我們一起把小貓救出來。就在今晚！但我們不能待在這裡。我聞到雷族巡邏隊已經朝這邊來了。」他停頓了一會兒，「如果虎爪也來了，黃牙一定完蛋，他會殺了她，根本不給她解釋的機會。」

黃牙看了看他，神情緊張，但態度很堅定。「這條路上有泥炭，大雨過後會變得很溼黏，」她告訴他，「就能把我們的氣味蓋過去了。」

她跳進一叢蕨葉裡，火掌和灰掌很快跟上來。他們已經聽見遠方矮樹叢裡有騷動的聲響，但顯然不是風吹過灌木叢的聲音，而是一支巡邏隊正朝這裡接近，他們顯然是來復仇的，煽風點火的正是虎爪的謊言。

林子裡異乎尋常地安靜，薄霧開始往樹幹間聚攏。火掌甩甩身上的雨珠，不耐煩地扯掉黏在胸前的一顆刺果。

黃牙在他們前方帶路。地上愈來愈溼黏，他們的爪子陷入軟糊的泥炭裡。霉腐的味道嗆鼻，但至少可以掩蓋住他們的氣味。在他們身後，巡邏隊的聲音愈來愈大。

「快點，躲進這裡！」黃牙一邊催促，一邊躲進一棵葉片寬大的灌木底下。三隻貓蹲在下方，藏起尾巴。火掌盡量保持不動，試著去忽略肚子的毛又臭又溼那種不舒服的感覺，他豎起耳朵聽雷族巡邏隊發出的窸窣聲響。那聲音愈來愈近。

第二十三章

火掌知道巡邏隊裡有很多貓，他們都走得很快。泥塘的臭味讓他分辨不出究竟有誰在巡邏隊裡，但他確定是雷族的巡邏隊。他屏住呼吸，等腳步聲遠去。

「我們真的要自己從影族那裡救回小貓？」灰掌低聲問。

黃牙搶著回答：「或許我能從影族那裡找到一些幫手，畢竟不是所有族貓都認同碎星的作為。」

火掌豎直耳朵，灰掌也很驚訝地輕彈尾巴。

「他成為族長後，」黃牙解釋，「就強迫長老們離開營地的安全戒護區，害他們得到邊界自力更生。那些貓一生奉行戰士守則，或許會幫我們。」

火掌看著眼前的這隻老貓，腦中飛快地盤算著。「我應該也可以說服雷族的巡邏隊來幫我們。」他說，「我是說趕在他們找到你之前，先和他們談。也許他們會相信你的說法。灰掌，你在那株枯掉的白蠟樹旁等我們回來，就是我們聞到小貓血跡的地方。」

灰掌面露憂色。「你真的相信黃牙會找幫手回來？」他小聲問火掌。

「你們必須相信我。」黃牙吼道，「我會回來的。」

灰掌看著火掌，火掌點點頭。

黃牙二話不說，跳走了，消失在灌木叢裡。

「我們這樣做，對嗎？」灰掌問。

「我也不知道，」火掌承認，「如果做對了，我們會成為英雄，小貓們也會得救；但如果做錯了，我們就等著赴死吧。」

火掌火速追上巡邏隊。他繞過刺藤，經過金雀花叢，穿過蕁麻。其實追蹤他們並不難。因為這群怒氣沖沖的雷族貓，根本不想掩飾他們在影族領土的蹤跡。

天上的烏雲終於散去。樹梢外的夜空裡，銀毛星族閃閃發亮。月亮已經出來，但那冷冽的光芒無法穿透矮樹叢間氤氳的薄霧。

火掌集中精神，想聞出前方的氣味。他聞到白風暴的氣味。他又嗅聞了一次。虎爪沒跟他們一起來。他急忙趕上去，在一群雷族貓前戛然止步。

戰士們紛紛回頭，瞪著他，他們的毛都豎起來，雙耳平貼。暗紋和他們在一起，還有一隻母貓鼠毛，以及虎斑戰士追風。鼠毛不是巡邏隊裡唯一的母貓，還有柳皮。

「火掌！」白風暴大聲喊道，「你來這裡做什麼？」

火掌上氣不接下氣地說：「藍星派我來！」他氣喘吁吁。「她要我去找黃牙，她要我趕在……」

白風暴打斷了他的話。「哈！」他說，「藍星說我可能會在這裡遇到一個朋友，現在我懂她的意思了。」他若有所思地看著火掌。

「虎爪有來嗎？」火掌問，他們集體投來的目光讓他有些自豪。

白風暴好奇地看著他。「藍星堅持要他留在營地裡，幫忙保護剩下的小貓。」

火掌點頭附和，鬆了一口氣。他急忙表示：「白風暴，我需要你的協助。我可以帶你們去找小貓，灰掌正在等我。我們計劃今晚把他們救出來，你們要不要加入？」

「我們當然要加入！」戰士們全興奮地拍打尾巴。

「這表示我們得偷襲影族的營地。」火掌警告。

「你可以帶我們進到裡頭嗎？」追風急著問。

「不能，不過黃牙可以。她已經答應要找她營裡的老戰友來幫忙。」

鼠毛瞪著他，氣憤地拍打尾巴。「你已經找到黃牙了？」她問。

「我不明白，」白風暴說，一臉疑惑。「這個叛徒要幫我們救回她偷走的小貓？」

火掌深吸一口氣，穩住自己的情緒，鎮定地看著白風暴的眼睛。「不是黃牙帶走他們的，」他說。「斑葉也不是她殺的，她只是想幫我們救回小貓。」

白風暴靜靜地看著他，眼皮緩緩地張合。「你帶路吧，火掌！」他命令道。

灰掌正在白蠟樹旁等候，他焦急地繞著腐朽的樹樁走來走去，一看見雷族巡邏隊從霧裡走出來，立刻揮動頰鬚，向前打招呼。

「有沒有看到黃牙？」火掌問。

「還沒。」灰掌回答。

「我們也不知道這裡離影族營地有多遠。」火掌趕忙解釋，因為他感覺得到身旁的白風暴身體僵在那裡。「她可能在回來的路上了。」

「說不定她和她的影族同伴正在快樂地分享舌頭，而我們卻像傻瓜一樣坐在這裡等他們來突襲我們。」他提醒。

「她會回來的。」火掌保證。

「說得好，小火掌！」黃牙從白蠟樹後方緩步走出，坐了下來。「看來你並不是唯一一隻懂得從後面偷襲的貓。」她對著火掌說，「你還記得我們第一天交手的經驗嗎？不過那次你好像也看錯方向。」

另外三隻影族貓也從樹後方走了出來，在黃牙身旁坐下。雷族貓全都寒毛倒豎，保持警覺，並露出懷疑的神情。

兩方的貓默默地互瞪對方，火掌坐立不安，不知道該怎麼辦。最後是一隻灰毛的影族公貓開口說話。他的身體修長，瘦巴巴的，毛髮毫無光澤。「我們是來幫你們，不是來挑釁的。你們要救你們的小貓，我們會助你一臂之力。」

「那對你們有什麼好處？」白風暴警覺地問。

「我們希望你們幫我們除掉碎星。他完全違反戰士守則，影族被他害得很慘。」

「就這麼簡單？」追風問，「我們只要進到你們營地，帶走小貓，殺了你們的族長，然後就可以掉頭回家？」

「保證你們不會遇到太大阻力的。」灰色公貓說。

黃牙站了起來。「先讓我來介紹我的老朋友。」她說，然後就在影族貓間穿梭。她先走過灰色公貓身邊。「這位是灰毛，影族的長老。」

「這位是夜皮，鋸星被殺前，他是資深戰士。」她繞過一隻身形憔悴的黑色公貓說，對方向他們點頭致意。

「這位是我們的老貓后，曙雲。她的兩個孩子在和風族的那場戰役中犧牲了生命。」

曙雲是一隻個子很小的虎斑貓，她用喵聲跟他們打招呼。「我不希望我的孩子再被犧牲掉。」她告訴他們。

白風暴快速地舔舔胸部，撫平毛髮。「你們竟然能無聲無息地走到我們身邊，從這一點就知道你們的確是技術高超的戰士，但光憑你們三個夠嗎？我們得先搞清楚偷襲影族營地會遭遇到什麼阻力。」

「影族的老貓和病貓都在挨餓，」灰毛說，「而小貓的傷亡數量遠超過我們所能處理的範圍。」

「如果影族的情況這麼糟，」暗紋突然發聲，「為什麼你們最近還常常挑釁？為什麼碎星還是你們的族長？」

「碎星身邊有一群精英戰士，」灰毛答道，「他們的確很可怕，對碎星很死忠。但其他戰士是因為害怕才屈從的。只要他們覺得碎星勝券在握，便會向他靠攏，但如果他們認為他輸定了……」

「他們就會反抗他，不會幫他？」暗紋一臉不屑地替長老接完那句話。「這是哪門子的效忠領袖啊？」

影族的貓個個頸毛豎立。

「我們影族以前不是這樣的。」黃牙打斷，「鋸星還在當族長的時候，我們可是很強盛的，那時候，戰士守則和部族向心力是我們力量的來源，絕不是因為畏懼和嗜血而團結。」老巫醫嘆口氣說，「要是鋸星能再活久一點就好了。」

「鋸星是怎麼死的？」白風暴好奇地問，「大集會上流傳了許多謠言，但似乎沒有貓知道真正的原因。」

黃牙的眼睛滿布愁雲。「他遭到別族戰士巡邏隊的埋伏，遇襲而死。」

白風暴若有所思地點點頭。「沒錯，大部分的貓也都這麼說。這陣子情勢很緊張，族長常常在暗處遭到襲擊，而不是接受光明正大的挑戰。」

火掌皺著眉頭在想各種作戰計畫。「有沒有什麼方法，可以在不驚擾影族的情況下，把小貓們帶走？」他問。

曙雲回答：「他們的守衛很嚴密，因為碎星早料到雷族會來救小貓，所以你們不可能暗中把他們偷回去，只能公開挑戰。」

「那我們就得全力對付碎星和他的大內高手囉。」白風暴說。

黃牙提議：「灰毛他們會把我帶進影族營地，說他們抓到我，然後我們會把碎星和他的戰士全引出來。活逮到我的消息一定會讓他們全集中在空地上。一旦他們都進入空地，我就打出信號，要你們進攻。」

白風暴沉默了一會兒，然後點點頭，同意由他們來發動攻擊。他的表情很嚴肅。「很好，黃牙，」他說，「那就請你帶路了！」

第二十四章

黃牙轉身鑽進蕨葉叢，白風暴和其他貓尾隨在後。

火掌很興奮，一點都不覺得空氣溼冷，原先的疲憊也一掃而空。

黃牙帶著他們進入矮樹叢圍繞的小山谷，往影族入口走去。這裡刺藤叢糾結盤生，和通往雷族營地的金雀花隧道很不一樣。營地邊界布滿凹洞和缺口，腐肉的臭味迎面而來。

「你們吃腐肉啊？」灰掌低聲問，收起下巴。

「我們的戰士向來習慣攫掠，而非狩獵。」灰毛回答，「我們找到什麼，就吃什麼。」

「雷族的朋友們，麻煩你們先躲在那邊的蕨葉叢裡。」黃牙低聲說，「那裡有很多毒蕈可以蓋掉你們的氣味，你們在那裡等我的暗號。」

她退後一步，讓其他影族貓走在她前面，然後把自己夾在他們中間，佯裝是他們的俘虜。他們靜靜地走進營地。

雷族貓躲在毒蕈叢裡頭，繃緊每根神經，緊張不已。火掌只覺得全身毛髮倒豎。他看看旁邊的灰掌，發現他的頸毛根根豎起，還聽得見他略帶興奮的喘息聲。

突然影族營地傳來怒吼聲。雷族貓毫不猶豫地跳了出來，一路衝進營地。

黃牙、灰毛、曙雲和夜皮正在泥濘的空地上與六隻凶惡的戰士奮戰。火掌認出碎星和他的副族長黑足，他們也在其中。這些戰士看起來很餓，身上戰痕累累，但毛髮下的肌肉很結實。

空地邊緣圍著一群瘦骨嶙峋的小貓，無所適從地看著這場混戰。那瘦巴巴的身體盡往後縮，似乎深怕捲入戰局，呆滯的眼神看來既驚駭又困惑。火掌從眼角餘光瞄見，鼻涕蟲退開，藏進一株矮樹叢裡。

在白風暴點頭的暗號發動下，雷族貓一擁而上，加入戰局。

火掌用爪子抓住一隻銀色虎斑貓，但很快就被對方甩掉。他在地上翻滾，影族戰士立刻轉身，伸出黑刺一樣的利爪準備逮捕他。火掌趕緊扭過身體，將利牙咬進那隻貓的皮肉裡。戰士的慘叫聲證明火掌咬對地方，於是他咬得更用力。那名戰士又發出哀號，奮力掙脫，逃進灌木叢裡。

火掌才站起身，一隻年輕的影族新兵便從營地邊緣撲向他，軟綿的幼毛因恐懼而整個膨脹開來。

火掌收起爪子，輕輕將他揮開。「這場戰役不關你的事。」他吼道。白風暴已經把黑足壓制在地，朝他狠狠咬了一口，那隻受傷的副族長立刻逃之夭夭，往營地入口奔去，躲進安全的林子裡。

「火掌！」火掌聽見曙雲在叫他，「小心！爪面在……」他還來不及聽完，一隻體型魁梧的棕貓便撞了上來。**爪面！**火掌穩住腳步，轉身迎戰。就是他殺了斑葉！憤怒襲捲而來，他立時撲了上去。

火掌將那名戰士推倒在地，將他的頭壓在地上。火掌滿腔怒火，失去理智，準備一口咬住對方的脖子。就在他打算下手之際，白風暴突然將他推開，自己抓住那名影族戰士。

「除非必要，雷族戰士是不殺死對手的。」他在火掌耳邊大吼，「只要讓他們知道我們的厲害就行了。」他用力地咬了爪面一口，對方痛得尖叫，逃出營地。

火掌餘怒未消，瘋狂地四處張望。碎星的戰士全都跑光了。

這時灰掌身後傳來一聲憤怒的嚎叫，灰掌當下跳了出去，火掌看見黃牙正用沾滿血跡的腳爪緊緊箝制住碎星。碎星身上有許多傷口在流血，他雙耳平貼，頰鬚後縮，身體蹲伏下來，在黃牙的爪下乖乖就範。

「我從來沒想到殺妳比殺我父親還難！」他怒吼。

黃牙就像被黃蜂刺到一樣，縮了回去，表情因為驚駭過度而扭曲。她鬆開爪子，碎星趁機用身體猛力一頂，將她推到旁邊。

「你殺了鋸星？」黃牙哭嚎，瞪大眼睛，一副難以置信的模樣。

碎星冷酷地瞪著她。「是妳找到他的屍首的，妳難道沒看出來他的爪子上有我的毛嗎？」黃牙驚恐地看著碎星，碎星繼續說：「他是頭腦簡單又軟弱的笨族長，本來就該死。」

「不！」黃牙發出怒吼，她低下頭，甩甩身體，弓起背，抬眼問碎星：「那亮花的孩子呢？難道他們也該死嗎？」她厲聲說。

碎星一聲怒吼，往黃牙身上撲，只見黃牙跌得四腳朝天。在他利爪下的黃牙，根本無意掙扎。火掌注意到她的眼神因為過度悲傷而有些呆滯。

「那些小貓太弱了。」碎星吼道，他把臉湊近黃牙的耳朵說：「反正他們對影族也沒多大用處，如果我不殺他們，其他戰士也會殺。」

影族的一隻黑白母花貓突然發出悲痛的哀號。碎星沒理她。「當初我應該殺死妳的，」他呸口對黃牙說，「看來我也跟他一樣軟弱，我真笨，竟然讓妳活著離開影族。」他露出尖牙，打算去戳她的脖子。

但火掌動作更快，他趕在碎星咬下去之前，跳上他的背，將爪戳進他的虎斑毛皮裡，一把將他從黃牙身上拉開，丟向空地邊緣。

碎星在半空翻滾，最後四腳落地，他瞪著火掌，邪惡地罵道：「別浪費你的時間了，小見習生！我是星族指派的族長，你得殺死我九次，才有可能讓我升天。你真的認為你辦得到嗎？」他自信地說，不把其他貓放在眼裡。

火掌回瞪他。他的胃抽痛著。碎星是堂堂的族長！他怎麼可能打得過他？一旁觀戰的影族貓懷著恨意，發出怒吼，一步步朝這位吃了敗仗的族長逼近。他們雖然憔悴、餓著肚子，但碎星已是孤立無援了。他自己似乎也明白這一點，尾巴緊張地拍個不停，最後才蹲伏下來，往灌木叢的方向退後。他的眼神閃爍地從陰影處移回來，越過群眾，看向火掌。

「小見習生，我會再找你算帳的！」他低吼，然後轉身，消失在林子裡，去找他的殘兵敗將了。

火掌看著白風暴。「要不要去追？」他問。

戰士搖搖頭。「我想他們應該知道自己在這裡不受歡迎。」

影族的戰士夜皮點頭附和：「別理他們了，他們要是敢再回來，強大的影族會讓他們知道厲害。」

其他的影族貓都瑟縮地躲在斷壁殘垣間，對族長的離去無動於衷。火掌心想，**他們恐怕得花點時間才能重建這個部族。**

「小貓！」

火掌聽見空地遠處的角落傳來灰掌的聲音。他衝向他的朋友，鼠毛和白風暴也跟在後。他們才靠近，便聽見一堆樹枝底下有小貓在嗚叫。灰掌和鼠毛敏捷地挖開枯葉，在小洞裡面找到雷族的小貓們。

「他們沒事吧？」白風暴問，尾巴焦慮地拍打著。

「沒事！」灰掌回答，「只有一些小擦傷。不過這隻小虎斑貓的耳朵有很深的傷口。黃牙，妳能不能幫忙看看？」

正在舔自己傷口的老母貓，一聽到灰掌的叫聲，立刻跑到暫放小貓的洞穴旁。

這時火掌正幫著灰掌把最後一隻小貓叼出來。最後一隻是灰色的，顏色像火燄的餘燼。火掌將她放在地上，只見她不斷喵嗚，不安地扭動。鼠毛將所有的小貓聚攏，伸出舌頭舔舐他們，一副很欣慰的樣子。

黃牙仔細觀察那隻小虎斑貓受傷的耳朵。「我們得先止血。」她說。

鼻涕蟲從暗處走出來，前爪纏著一團蜘蛛網。他默默將它交給黃牙，黃牙點頭致謝，開始治療那隻小貓的傷口。

夜皮走向雷族的貓。「你們幫影族除掉了殘暴的族長，我們很感激，現在你們也該離開，回自己家了。我答應你們，只要我們能在自己的地盤上找到足夠的食物，就不會再去騷擾你們的狩獵場。」

白風暴點點頭。「夜皮，我們不會干涉你們狩獵，期限是一個月，因為我們知道你們需要時間重建家園。」他轉身面對黃牙。「那妳呢，黃牙？」他問，「妳要和我們一起回去？還是要和妳的老朋友待在這裡？」

黃牙抬頭看他。「我和你們回去好了。」她看著白風暴後腿那處很深的傷口，「你們需要巫醫，你和你們的小貓都需要。」

「謝謝妳。」白風暴說完，用尾巴向雷族的貓示意後，領著他們離開空地。鼠毛和柳皮幫忙帶著小貓，一路上小貓們走得跌跌撞撞，看起來既疲憊又困惑。黃牙走在受傷的那隻小貓旁邊，每次小貓一滑倒，她就從頸背將他叼起來。火掌和灰掌跟在他們後面穿過刺藤叢，經過營地的氣味記號區，走進林子。

雷族貓一路跋涉，往回家的路走去。月亮仍高掛在幽靜的夜空，萎黃的枯葉在他們四周飛舞，然後悄悄滑落林地。

第二十五章

終於到家了，大夥兒精神一振。火掌和灰掌率先衝進營地。霜毛正躺在空地中央，悲傷地將頭擱在前腳上。她一見到這兩名見習生衝進來，立刻抬頭嗅聞空氣。「我的孩子！」她邊喊邊跳，衝過火掌和灰掌身邊，往正從隧道出來的貓兒奔去。

小貓全衝向霜毛，緊緊挨著她。她蜷伏起柔軟的身體，將他們圍在中央，輪流舔舐他們，開心地喵嗚。

黃牙停在營地入口，不敢向前，靜靜看著眼前的一切。

藍星大步走向那支剛凱旋歸來的巡邏隊，開心地看著霜毛和她的孩子們，然後目光回到白風暴身上。「他們都沒事吧？」她問。

「沒事！」白風暴回答。

「做得好，白風暴，雷族以你為榮。」

白風暴低著頭接受她的讚美，但隨即補了

一句：「不過我們能找到小貓，這都得謝謝這位見習生。」

火掌驕傲地抬起頭和尾巴，正想開口說話，虎爪的聲音卻從空地另一頭傳來，他氣憤地指控道：「你們幹嘛把那個叛徒帶回來？」深色戰士緩步走向巡邏隊，站在族長旁邊。

「她不是叛徒。」火掌抗議，轉頭朝營地張望，只見其他族貓紛紛快步走入空地查看小貓們，並向巡邏隊致意。有些貓看見黃牙，竟還帶著敵意瞪她。

「是她殺了斑葉。」長尾啐口說。

「你去看看斑葉爪間的毛，」灰掌建議，「你會找到爪面的棕毛，而不是黃牙的灰毛。」

藍星用眼神指示鼠毛，鼠毛衝出貓群，往放斑葉屍體的地方奔去。斑葉的屍體還放在原地，準備黎明時舉辦葬禮。族貓們屏息等候鼠毛回來。

「灰掌說得沒錯，」鼠毛氣喘吁吁地衝回來，「斑葉不是被灰貓攻擊的。」

大夥兒全都驚訝地交頭接耳。

「但這不能證明她不是帶走小貓的幫凶！」

「沒有黃牙，我們根本救不回那些孩子！」火掌厲聲說，他已經精疲力竭，失去耐性。「她知道小貓是影族戰士帶走的，所以我找到她的時候，她正在追蹤他們。她冒著生命危險，潛入影族的營地。是黃牙想出這個作戰計畫的，因為她，我們才有機會進入影族營地，打敗碎星！」

大家聽完火掌的描述，都驚訝得說不出話來。

「他說得沒錯，」白風暴說，「黃牙是我們的朋友。」

「我很高興聽到你這麼說。」藍星輕聲說，眼睛看著火掌。

霜毛焦慮的喵嗚聲從群眾間傳來。「碎星死了？」她問。

「沒有，他逃走了。」白風暴告訴她，「不過他再也指揮不了影族了。」

霜毛聽了鬆了一口氣，再次回過頭用鼻子輕撫她的小貓。

白風暴看著藍星。「我答應影族，到下次月圓之前，我們不會找他們麻煩。」他解釋道，「碎星在位期間，已經把他們的部族給搞得七零八落了。」

藍星點點頭。「這是既明智又大方的承諾。」她贊同地喵嗚。雷族族長經過白風暴和巡邏隊員身邊，來到黃牙面前，用鼻頭輕觸灰貓的粗毛，黃牙垂眼接受。

「黃牙，我希望妳接替斑葉，擔任雷族的巫醫。」藍星，「我相信斑葉留下的東西，妳應該都用得上。」

其他貓竊竊私語，興奮地彈打尾巴。不過黃牙焦慮地看著他們，沒有說話。

霜毛看了其他貓后一眼，才迎上黃牙的目光，緩緩點頭，表示同意。

黃牙低頭向那隻白貓敬禮，然後對她的新族長說：「謝謝妳，藍星，影族不再是我熟悉的部族，雷族才是我的家。」

火掌很高興這隻始終和他很投緣的老母貓，終於成為族裡的巫醫。但他也突然想到，今後再也不能在巫醫的空地上見到斑葉，再也看不到陽光灑在她柔軟的毛的那一幕，還有她那雙總是閃著熱情目光的琥珀色眼睛。想到這裡，他的尾巴很自然地垂下來。

「烏掌呢？」藍星突然問道，這個問題讓火掌從苦中帶甜的回憶裡驚醒。

「對啊！」虎爪搶著插話，「我的見習生到哪裡去了？真奇怪，他竟然和碎星一起消失不見了。」他意有所指地看著其他貓。

「如果你認為他可能暗中幫助碎星，」火掌大膽直言，「那你就錯了！」

虎爪僵在那裡，黃色的眼睛發出邪惡的怒光。

「烏掌死了！」火掌繼續說，他低下頭，看起來很傷心。「我們在影族領土發現他的屍體。從他身邊的氣味研判，是被影族巡邏隊殺死的。」他看著藍星。「我晚一點再告訴妳其他細節。」他承諾。

黃牙懷疑地看了火掌一眼，火掌以懇求的目光警示她先別說什麼。她抽抽耳朵，表示明白，眼睛望向別處。

「我從沒說過烏掌是叛徒。」虎爪說。他停了一下，刻意裝出悲傷的表情，然後轉身向其他貓說：「烏掌本來可以成為一名優秀的戰士。可惜他死得太早了，我們會懷念他的。」

假惺惺！火掌心裡很不舒服。要是虎爪知道烏掌沒事，已經離開森林，正和大麥在捉老鼠，不知道他會怎麼說？

藍星打破沉默。「我們會悼念烏掌，但明天才能為他舉辦告別式，因為現在有另一個儀式得先進行……我相信烏掌也樂於參加。」她轉身對火掌和灰掌說。「你們今晚的表現實在很勇敢，白風暴，你覺得呢？」她問。

「就像戰士一樣勇敢。」白風暴慎重地回答。

藍星迎向他的黃色目光，輕輕點頭，然後抬起下巴，凝神仰望銀毛星群。她的聲音清澈響亮，在寂靜的林間迴盪著。「我，藍星，雷族族長，懇請祖靈庇佑這兩位見習生，他們接受過嚴格的訓練，完全恪遵祢們崇高的守則，因此，我在此鄭重推薦他們晉升為戰士。」她低頭看著火掌和灰掌，瞇起雙眼。「火掌、灰掌，你們願意矢志遵守戰士守則，不惜犧牲生命，保衛部族嗎？」

聽到族長這樣說，火掌很激動，熱血沸騰。他現在才知道，截至目前為止，他為這個部族所做的一切……包括追蹤獵物，與敵營戰士奮勇激戰……這一切全是為了這一刻。「我願意。」他篤定地回答。

「我願意。」灰掌也同樣答道，他的毛因興奮而根根倒豎。

「那麼我要在星族的見證下，賜你們兩位戰士名號。灰掌，從這一刻起，你的名字更名為灰紋，星族將以你的勇猛及膽識為榮，歡迎你成為雷族的全能戰士。」藍星走上前去，將鼻頭擱在灰紋低垂的頭頂，灰紋彎身，謙恭地舔了舔藍星的肩膀，然後直起身子，走向其他族貓。

藍星站了起來，看了火掌好一會兒，才開口說：「火掌，從這一刻起，你的名字更名為火心，星族將以你的勇猛及膽識為榮，歡迎你成為雷族的全能戰士。」她用鼻頭輕觸他的頭，低聲說：「火心，我以你為榮，小伙子，要再接再厲！」

火心又激動又興奮，全身顫抖到無法彎腰去舔藍星的肩膀。他沙啞地喵嗚出聲，表達他的感激之意，然後退到灰紋旁邊。

群眾響起恭賀的聲浪，夜裡寂靜的空氣中，迴盪著雷族高呼新戰士名號的歡聲。「火心！灰紋！火心！灰紋！」

火心注視著周圍的族貓。這幾個月來，他已經愈來愈熟悉眼前這每一張臉孔。聽見他們高喊自己的新名號，看見他們眼裡的敬意與善意，他實在很感動。

「月亮快要升到最高點了，」藍星說，「依照傳統，火心和灰紋必須在我們就寢時，安靜守夜到天亮，負責營地的守衛工作。」

火心和灰紋慎重地點點頭。

貓兒們各自回窩睡覺。虎爪走過火心身邊，刻意放慢腳步，這位雷族副族長在他耳邊低聲說：「別以為你能唬得過我，寵物貓，你給我小心點，別妄想在藍星面前胡說八道。」

一陣寒意爬上火心的背脊。一定得讓藍星知道虎爪的陰謀才行！

看著虎爪走進戰士窩，火心將灰紋單獨留在空地，一路跳著跟在藍星後面，及時在她進洞前趕上她。「藍星，我知道我打破了守夜不准開口說話的禁忌，可是我必須在守夜前先和妳說幾句話。」

藍星看著火心，搖搖頭。「火心，這是個很重要的儀式，早上再和我說吧。」

火心只得低頭表示接受。反正虎爪的問題也不是一個晚上就能解決。他回到空地中央，灰紋的身邊。兩個朋友互看一眼，什麼話也沒說。

火心看了看天上的月亮，橘色的毛髮在冷冽的月光下發出熠熠銀光，四周的灌木叢和樹林全都籠罩在霧氣之中，雲霧縹緲，潮溼的空氣輕刷過他的毛。火心閉上眼睛，回想起小時候作過的夢——林子的清新氣味在他鼻腔裡流竄，如今這些氣味是如此地鮮活，戰士生活在他眼前真真實實地展開。他的體內、他的爪間，奔竄著一股莫名的喜悅。他猛然睜開眼睛，發現戰士窩裡一雙閃亮的眼睛正盯著他看。

是虎爪！

火心眼皮眨也不眨地瞪回去。他現在是戰士了，族裡的副族長儼然是他的敵人，不過那是虎爪自己要把他當敵人的。現在火心不再是幾個月前加入雷族的那隻天真小貓了。他變得高大，強壯，比以前更敏捷、也更有智慧。如果命中註定他和虎爪是敵人的話，那就聽天由命吧。火心已經做好準備，接受這個挑戰了。

國家圖書館出版品預編目資料

貓戰士首部曲 1, 荒野新生 / 艾琳．杭特（Erin Hunter）
著；高子梅譯. -- 三版. -- 臺中市：晨星, 2021.12
面；　公分. --（Warriors；1）
十週年紀念版

譯自：Into the wild
ISBN 978-626-7009-91-8（平裝）

873.596　　　　110015909

貓戰士十週年紀念版首部曲之 I

荒野新生 Into the Wild

作者	艾琳．杭特（Erin Hunter）
譯者	高子梅
責任編輯	陳涵紀
協力編輯	呂曉婕
文字編輯	程研寧、游紫玲、陳彥琪、蔡雅莉
封面繪圖	十二嵐
封面設計	言忍巾貞工作室
創辦人	陳銘民
發行所	晨星出版有限公司 407台中市西屯區工業30路1號1樓 TEL：04-23595820　FAX：04-23550581 行政院新聞局局版台業字第2500號
法律顧問	陳思成律師
初版	西元2008年10月31日
三版	西元2023年09月30日（五刷）
讀者訂購專線	TEL：（02）23672044 /（04）23595819#212
讀者傳真專線	FAX：（02）23635741 /（04）23595493
讀者專用信箱	service@morningstar.com.tw
網路書店	http://www.morningstar.com.tw
郵政劃撥	15060393（知己圖書股份有限公司）
印刷	上好印刷股份有限公司

定價250元

（缺頁或破損的書，請寄回更換）

ISBN 978-626-7009-91-8